ADELINE
EIN KLEINER IRISCHER ALMANACH

Kennen Sie das Land, in dem die Uhren rückwärts gehen und verlassene Häuser nicht abgerissen werden? Wo die Straßen der Kuh gehören und jeder Kreisverkehr einen Namen hat? Das Land der verwunschenen Bäume und Quellen, in dem ein falscher Schritt in das verborgene Reich der Anderswelt führen kann?

Adeline nimmt uns mit auf ihre Reise durch ein atemberaubendes Irland, das fernab ausgetretener Touristenpfade liegt.

„Skurril und wissenswert, poetisch und zauberhaft!"
„Eine außergewöhnliche Liebeserklärung an die Grüne Insel."

Mit 13 farbigen Aquarellen und Zeichnungen der Künstlerin.

Adeline, geboren 1996 in Filderstadt, ist Liedermacherin, Malerin, Sängerin und Schriftstellerin. Ihr von der Presse hochgelobter Gedichtband „Neptuns Arche" erschien 2023. Mit „Ein kleiner irischer Almanach" liegt nun ihr erstes belletristisches Werk vor.
Instagram: einfach.adeline
Musikhomepage: www.keeponfolkin.de

Ein
kleiner
irischer
Almanach

Adeline

Bibliographische Information der Deutschen Nationalbibliothek:
Die Deutsche Nationalbibliothek verzeichnet diese Publikation in der Deutschen Nationalbibliographie; detaillierte bibliographische Daten sind im Internet über http://dnb.d-nb.de abrufbar.

© 2025 Adeline
Verlag: BoD · Books on Demand GmbH, In de Tarpen 42, 22848 Norderstedt, bod@bod.de
Druck: Libri Plureos GmbH, Friedensallee 273, 22763 Hamburg
Cover und Illustrationen: Adeline
Layout: Adeline
Alle Rechte vorbehalten.
ISBN: 978-3-8423-5202-5

Für Yuma

Vorwort

Liebe Leserinnen, liebe Leser,

Die Geschichten dieses Buches basieren auf den Erzählungen, denen ich während meiner Irland Aufenthalte lauschen durfte. Namen und Orte wurden geändert.
Die Tagebucheinträge beschreiben eigene Erlebnisse. Namen und Orte wurden hier nicht geändert.
Die Aquarelle und Zeichnungen sind am Straßenrand und unterwegs mit einfachster Ausrüstung und minimaler Farbpalette entstanden.

Mir neben all dem als besonders und wissenswert Erscheinendes habe ich in vielerlei Recherchen über Monate zusammengetragen.

Sämtliche gälische Begriffe sind am Ende des Buches aufgeführt und nach bestem Gewissen mit einer eigenen Lautschrift versehen. Je nach Region und Dialekt kann es dennoch mehr oder weniger starke Unterschiede in Aussprache und Betonung geben.

Die Gedichte sind tiefster Ausdruck meiner Seele.

Ich wünsche die schönste Lesefreude in meinem kleinen irischen Almanach.

Adeline

There is another world, but it is in this one

William Butler Yeats

Dann wird mein Licht eure Dunkelheit vertreiben wie die Morgensonne

Jes 58,8

Anmerkung:
In einigen irischen Pubs hängen tatsächlich Uhren, die entgegen des üblichen Uhrzeigersinnes laufen.

Die Uhr

Die Tage sind wild
und gleich einer Segnung,
das Land kommt mir näher
mit jeder Begegnung

Wir gehen auf Wegen
die nicht unsre sind,
und werden zu jenen
für die sie bestimmt

Vielleicht vielleicht
werden wir nochmal jung,
denn die Uhr hier im Pub
geht anders herum

In Ballina kauften wir eine neue Straßenkarte. Unsere von Daheim Mitgebrachte war zu ungenau für unsere Art zu reisen.

Wir hätten es schon in Deutschland bemerken sollen, doch keiner von uns beiden hatte sich getraut, die Karte aufzuschlagen und genauer in Augenschein zu nehmen. Denn was wäre gewesen, wenn wir die Reise überraschend nicht hätten antreten können? Und wir hätten schon in die Karte gesehen, erste flüchtige Pläne geschmiedet, Erinnerungen wachgerufen? Es wäre zu schrecklich gewesen.

~

So fuhren wir dann mit der neuen Karte in den Händen über die Insel, und mir kam die Aufgabe zu, uns durch die verbogenen Straßen, über Hügel und Lanes bis an die Ränder der Küste zu lotsen. An verlassene Piers, wo die Zeit stillstand, und an weiße, gelbe und braune Strände, auf denen selten einer ging.

Wir bewegten uns auf unsichtbaren Wegen durch das Land, und ich empfand großen Dank dafür, dass dies hier noch möglich ist.

Gefangen

Bei Einbruch der Dunkelheit entzündete man in den Stuben der kärglichen Hütten Talgkerzen und Öllampen.

Nicht selten kam es vor, dass um diese Zeit noch Besuch an die Tür klopfte. Sei es, um letzte Erledigungen zu machen, gemeinsam eine Tasse Tee zu trinken oder sich über die neuesten Neuigkeiten auszutauschen. Manches mal saß man bis spät in die Nacht zusammen.

Die Kinder stahlen sich unter den hölzernen Esstisch oder auf die Schöße der Alten und lauschten gebannt den Geschichten. Hier, im Schein der Kerzenflammen, erfuhr man, was man zum Leben brauchte. Man wurde eingeweiht in die Geheimnisse des Landes, für immer mit ihm verstrickt und verwoben.

Die Alten kannten die Gegend bis auf die kleinste Erhebung, sie kannten jeden Baum und jeden Strauch. Sie wussten mit unbestechlicher Sicherheit, welche Wege gefahrlos waren, und wo man sich aufs Äußerste zu hüten hatte. Der aufmerksame Lauscher hatte also erhebliche Vorteile gegenüber dem, der nur mit einem Ohr zuhörte.

Denn dies war gewiss: Ein falscher Schritt, und es konnte passieren, dass man in den Bann des *kleinen Volkes* geriet.

Auch der wohlhabende Bauer Conor McAnally kannte die Geschichten, seit er ein kleiner Junge war. Er besaß Land in Rathlackan und Ballycastle.

Wie es dennoch geschehen konnte, dass er den Feen in die Hände fiel, sollte nie ans Licht kommen.

Es geschah an einem milden Septemberabend. Conor machte wie üblich seine Runde über die Weiden, wo sein Vieh den Sommer über stand. Die letzten Wochen hatten den rauen Norden mit Sonne und Wärme gesegnet. Zufrieden ließ er den Blick über das weite Land schweifen.

Er ging zu Fuß, es war nicht weit vom Hof hierher. Er ging und ging, atmete den Duft des trockenen Grases, in der Ferne ein Sonnenuntergang in allen farbenprächtigen Schattierungen des nahenden Herbstes, er ging und träumte, er summte vor sich hin *„under the faerie tree, i saw me shadows under me, into the faerie wee ..."*

Als er die Augen wieder aufschlug, war es stockfinstere Nacht. Er konnte sich nicht erinnern, eingeschlafen zu sein. Die Erde unter ihm war kalt und nass. Er rieb sich die Augen, atmete stoßweise.

Um ihn herum zog sich ein glühender singender Ring. Ja, der Ring sang! Es dröhnte gewaltig, sein Kopf schwamm. Gleißendes Licht aus Feuer und Rauch umgab ihn. Die Melodie schien in ihn einzudringen wie ein Schwert, sie war schrecklich und schön zugleich. Undeutlich nahm er Worte wahr, doch er verstand sie nicht, kannte die Sprache nicht. Sein Körper wurde schwer nach unten gedrückt, der Boden bebte unter dem ohrenbetäubenden Gesang.

Er versuchte aufzustehen und stolperte vornüber. Die Flammen schlugen wild auf, sie lachten, spotteten! Wie rasend hämmerte er mit den Fäusten gegen die rote Wand, die seine Augen blendete, doch sie schien immer weiter von ihm wegzurücken. Der Gesang wurde lauter, das Dröhnen unerträglich in seinen Ohren. Panisch hielt er die Hände vor die Augen, vor die Ohren, er begann zu schreien, krallte die Hände in sein graues Haar. Er schickte Stoßgebete zum Himmel, fiel zu Boden, und schickte die selben hinab in den heiligen Erdenschoß.

Viele Stunden kämpfte er verzweifelt gegen die vernichtende Macht, die ihn umringte, bis ihm die Sinne versagten.

Seine Hände lagen noch immer schützend über den Augen, als er erwachte. Langsam blinzelte er hindurch. Es war Tag. Über ihn spannte sich ein blassblauer Himmel. Weiße flockige Schlieren wurden von der aufgehenden Sonne in gelbliches Licht getaucht. Wie lange hatte er hier gelegen?

Er sah um sich.

Steinplatten verschiedenster Größe schichteten sich in einem Kreis übereinander, in dessen Mitte er lag. Ein uraltes Gebilde voll stillem Leben und Weisheit. Er wusste, was passiert war.

Ein Stück entfernt konnte er seine Herde ausmachen, in entgegengesetzter Richtung das Dach seines Hauses. Rauch stieg aus dem Schornstein.

Conor nahm die Hände wie zum Gebet zusammen und kniete nieder. Er dankte, und noch während er dankte entschuldigte er sich für sein Vergehen. Nie wieder würde er herkommen, er versprach es.

Dann sprang er auf und lief los, ohne sich noch einmal umzublicken.

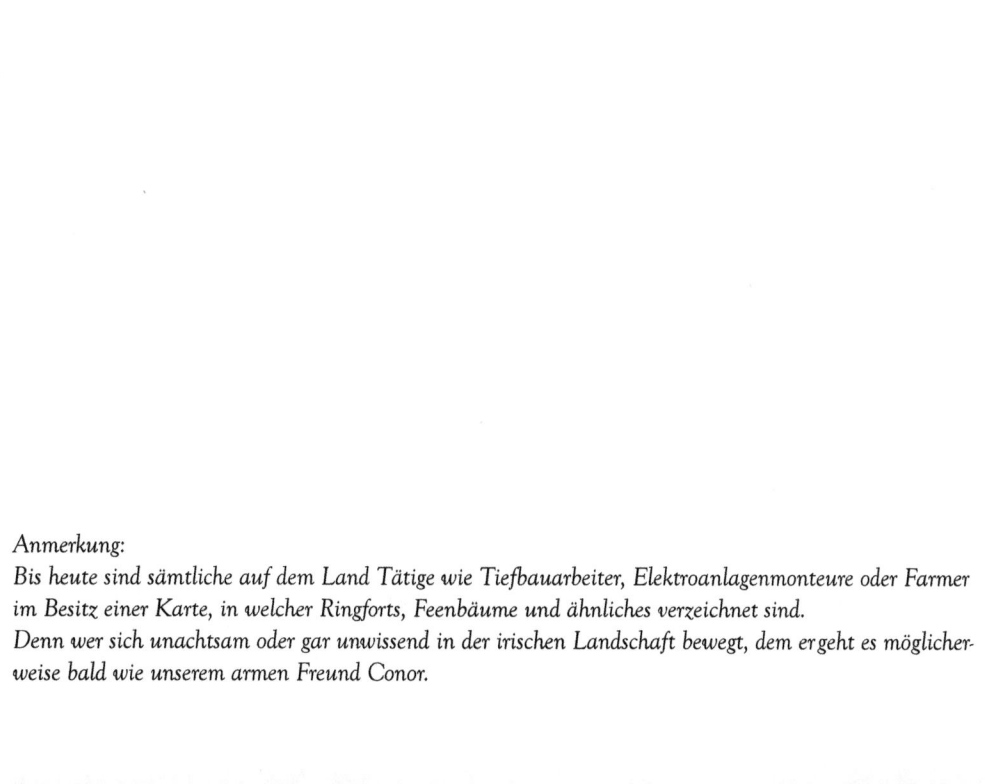

Anmerkung:
Bis heute sind sämtliche auf dem Land Tätige wie Tiefbauarbeiter, Elektroanlagenmonteure oder Farmer im Besitz einer Karte, in welcher Ringforts, Feenbäume und ähnliches verzeichnet sind.
Denn wer sich unachtsam oder gar unwissend in der irischen Landschaft bewegt, dem ergeht es möglicherweise bald wie unserem armen Freund Conor.

Eine Landschaft,
geschichtet über
Jahrtausende,
hinauf bis an den letzten
Bergrücken.

Hier kann das Auge einsinken,
sich auflösen in Mooren
und Rinnen,
in den Falten des Landes.

Hier wird die Seele entfesselt
von Winden
und Eindruck,
ja,
etwas drückt sich tief in uns hinein –
wie ein Brandmal,
ein heiliger Stempel ...

und bleibt.

Der Latoon Fairy Bush – oder warum irische Straßen so kurvig sind

Als im Jahre 1999 ein Weißdornbusch in Latoon im County Clare Straßenbauplänen zum Opfer fallen soll, startet der irische Geschichtenerzähler und Autor Edmund Lenihan eine Schutzkampagne, die dies verhindern wird.

Edmund „Eddie" Lenihan ist einer der letzten *Seanchaithe* des Landes. In Irland brachten ihm seine Dienste für den Erhalt der irischen Folklore Kultur den Status eines Nationalheiligtums ein.

Eines Abends kam Eddie auf seinem Heimweg an besagtem Busch neben der Autobahn M18 vorbei und wunderte sich über die Straßenarbeiter, die mit ihren großen Maschinen um den Busch herumstanden. Vorsichtig fragte er, was mit dem Busch passieren würde. Die Arbeiter gaben ihre Pläne nur widerwillig bekannt, doch Eddie war die Tragweite des Vorhabens sofort bewusst. Er beschloss, für den Erhalt des Feenbaumes zu kämpfen.

Aus sicherer Quelle wusste Eddie, dass der Busch ein beliebter Treffpunkt für die Feen aus Kerry war, die hier ihre Ratssitzungen abhielten. Ein Bauer aus der Gegend hatte mehrfach ihre Spuren in der Nähe des Weißdorns entdeckt.

In den folgenden Wochen wandte Eddie sich an Presse und Fernsehen und warnte unermüdlich vor den schrecklichen Konsequenzen, die ein Fällen des Baumes mit sich bringen könnten. Seine Meldungen sorgten international für Aufruhr und wurden von Stockholm bis New York in den Medien verbreitet.

Der Kampf lohnte sich – von einer Fällung wurde abgesehen. Die Autobahn läuft nun in einer sanften Biegung am Busch vorbei.

Da seither nicht nur einmal Unbekannte versucht haben, sich an dem Busch zu vergehen, wurde zu guter Letzt noch ein Schutzzaun um ihn herum errichtet.

Dieses Ereignis ist in Irland kein Einzelfall.

Dreißig Jahre zuvor konnte eine Gruppe Bürger in Ballintra im County Donegal die Zerstörung eines Feenbaumes verhindern, der einer Fahrbahnerweiterung im Wege stand. Auch St. *Kieran's Bush*, ein Ragtree in Clareen, County Offaly, wurde im Rahmen eines Projekts zur Straßenverbreiterung vor seiner Beseitigung bewahrt, nachdem die Anwohner Einwände erhoben hatten.

Gerade die ländliche Bevölkerung Irlands warnt immer wieder davor, sich nicht in die Angelegenheiten des *kleinen Volkes* einzumischen. Anhand zahlreicher Beispiele wurde in der Vergangenheit bereits sichtbar, was Gleichgültigkeit in dieser Hinsicht anrichten kann.

Eines ist dieses: Dem Luxus-Automobilhersteller DeLorean stand beim Bau einer neuen Produktionsstätte in der Nähe von Belfast ein Weißdornbusch im Weg. Nachdem sich unter den örtlichen Arbeitern kein Freiwilliger fand, den Busch zu entfernen, fuhr der Vorstandsvorsitzende John DeLorean höchstpersönlich mit Bulldozern heran und machte dem Spuk ein Ende. Oder vielleicht öffnete er ihm hier auch erst die Pforten? Das Firmengebäude, das genau über dieser Unglücksstelle errichtet wurde, stürzte jedenfalls bereits kurze Zeit nach der Fertigstellung ein. Noch im selben Jahr ging die Firma bankrott, und 1983 wurde sie schließlich aufgelöst.

Nun dürfte jedem klar sein, weshalb Irlands Straßen sich in endlosen Kurven über die Insel winden.

„Don't interfere with 'em. Leave very well alone an' you're okay."

Mayo

Ich seh dich immerzu, Mayo
wie eingestempelt deine Farben
Bist mein Avalon, Mayo
nicht das was andre von dir sagen.

Ich würde wurzeln hier, auf dir
würd alles einfach sein und lassen
Wurzeln würd ich hier, in dir
mein Herz würd deines still umfassen.

Ich will dich fühlen, will dich sehen
malen jede deiner Kerben
Malen deine Buchten, Seen
denn wenn ichs nicht kann, werd ich

                                                                 sterben.

Etwas

Für die Einheimischen der ländlichen Gegenden ist ein Zusammentreffen mit den *kleinen Leuten* nicht unbedingt eine Besonderheit. Der irische Junge Finney hätte stundenlang von seinen Erlebnissen erzählen können, wenn ihn jemand gefragt hätte. Und das, obwohl er sonst ein eher stiller Geselle war. Mit seiner Familie lebte er in Killala, einer kleinen Gemeinde hoch oben im Norden der Grafschaft Mayo.

Finney besuchte die fünfte Klasse der St. Brigid's National School. Glücklich konnte sich hierzulande schätzen, wer ein Fahrrad besaß, um die weiten Schulwege zurückzulegen. Doch Finney gehörte nicht zu diesen Glücklichen, und so ging er, wie die meisten anderen, zu Fuß, teils mit marodem zerlöchertem Schuhwerk, nicht selten durch Regen und Morast.

Begleitet wurde er dabei von seinem Cousin und Klassenkameraden Eamon, der zwar ein Fahrrad hatte, es jedoch gerne im Schuppen stehen ließ, um mit Finney zu gehen. Auch Eamon hatte bereits die ein oder andere Berührung mit der Anderswelt. Im Gegensatz zu Finney legte er es jedoch nicht darauf an. Und das, obwohl er gemeinhin äußerst wagemutig und verwegen auftrat.

Etwas erhöht und außerhalb des Dorfkerns lagen die Grundstücke des Familienclans und gaben den Blick in die wunderweite grünbraune Landschaft frei. Linksseitig umspülte der Atlantik die Hauptstraße nach Killala durch einen langen Seitenarm. Zur Rechten endlose Hügelmeere, grasende Kühe und die einfachen, teils verfallenden Hütten der Schäfer. Zwischen all dem lose Häueransammlungen, die sich zum Dorf hin verdichteten.

Die hoch aufragende Turmspitze der St Patrick's Church bildete das Herz der Ortschaft. Ringsherum stritten sich Metzger, Pubs, Wäschereien, Gemüsehändler und Schneider um die besten Plätze.

Ein halbes Jahrhundert zuvor hatte eine Bahnlinie die kleine Gemeinde Killala mit der Großstadt Ballina verbunden. Heute erinnern nur noch drei übriggebliebene Eisenbahnbrücken an diese Zeit, in der die Hoffnung auf ein besseres Leben so nah schien wie nie mehr wieder.

Die Bahnlinie sollte hinter Killala weiter über den gesamten Streifen der Nordküste bis in die Blacksod Bay verlaufen. Das großangelegte Projekt sah vor, dort, am Westende des Countys, eine transatlantische Schifffahrtsroute bis nach Amerika zu errichten.

Die Pläne der prachtvollen Bahnhofshalle verführten zahlreiche Unternehmer noch vor ihrem eigentlichen Bau dazu, ein Hotel, einen Laden oder ein Pub entlang der Bahnlinie aufzumachen.

Doch wie so oft sollte es anders kommen – das Vorhaben erwies sich als unrentabel und wurde eingestampft. Die Hotels und Pubs blieben sich selbst überlassen und fielen nach und nach Wind und Regen zum Opfer. Unzählige Ruinenstümpfe säumen heute die Küstenstraße und werfen die Frage auf, was wohl aus dem vergessenen rauen Mayo hätte werden können, wenn das Vorhaben geglückt wäre?

~

Es war ein nassgrauer Tag, als Molly im Türrahmen des kleinen Hauses stand, um ihrem Sohn Finney und ihrem Neffen Eamon entgegenzusehen. Das Mittagessen brodelte in einem großen Kessel über dem Feuer und würde fertig sein, bis Finney nach Hause kam. Von draußen hörte sie das Kreischen der Zwillinge, die mit den Nachbarskindern Verstecken spielten.

Der Hof ihrer Schwester Aine lag nur ein kurzes Stück weiter die Straße hinunter. Für Molly und ihre sieben Kinder war diese räumliche Nähe ein Segen, denn das Schicksal der beiden Schwestern hätte verschiedener nicht sein können. Während Aine in jungen Jahren den hochangesehenen Bauern Conor aus Ballycastle geheiratet hatte und somit von jeglicher finanzieller Not befreit war, musste Molly mit allen Reserven in der wenigen verbleibenden Zeit zwischen Mutterschaft und Haushalt als

Lehrerin ein Zubrot verdienen. Ihr Mann war Bergarbeiter in einer Mine in England und nur selten Zuhause. Geld kam oft monatelang keines.

Die harte Arbeit in dem kinderreichen Haushalt ohne Strom und fließendes Wasser hatte sie bitter und mürbe gemacht, obwohl Molly noch keine vierzig Jahre alt war.

Finney trug schwer an der Lieblosigkeit und Härte seiner Mutter. Tante Aine dagegen fand Freude darin, sich füreinander Zeit zu nehmen, sie hörte zu und fragte nach. Neben all dem war sie eine großartige Geschichtenerzählerin. Manchmal ertappte sich Finney bei dem Wunsch, sie wäre seine Mutter. Doch er wusste, es war ungerecht. Sie gab ja doch ihr Bestes. Und das trotz der Abwesenheit des Vaters, trotz der Anstrengungen des Alltags. Und trotz des schlimmen Unfalls, den sie als Kind gehabt hatte. Und der ihr Leben fortan mitbestimmte.

Im Alter von fünf Jahren war sie in das große Torffeuer gefallen, das offen in der Küche brannte. Nur knapp entkam sie dem Tode. Die schweren Verbrennungen schmolzen ihren Körper zu einer undurchdringlichen Oberfläche, und dahinter lag eine Seele, die abgeschnitten von der Außenwelt allein war mit den Widrigkeiten des Lebens, mit dem Schmerz, der Angst.

So stand Molly also im Türrahmen des kleinen Hauses und dachte nach, dachte an ihren Mann, ihren lieben Mann, den sie seit Jahren entbehrte. Dachte an früher, an damals, als überall im Land das Bahnnetz ausgebaut wurde, und es viel Arbeit gab, selbst hier im fernen Westen. Doch nun war man gezwungen, ins Ausland zu gehen, es war eine Schande. Molly stiegen Tränen in die Augen, und so stand sie noch eine Weile da, und träumte voller Weh und Sehnsucht vor sich hin.

Als sie den Blick wieder hob, entdeckte sie einen kleinen hüpfenden Strich in der grüngelben Ferne. Das musste ihr Neffe sein, man konnte die Uhr nach ihm stellen. Finney fiel gerne etwas zurück. Wo blieb er?

Sie ging in die Küche, nahm den dampfenden Lammtopf vom Feuer und hängte stattdessen den kleinen Teekessel ins Gestell. Der offene Kamin war so groß, dass man nachts das Sternenzelt sehen konnte, wenn man sich hineinstellte. Doch sie würde sich hüten, auch nur einen Fuß über die Kaminschwelle zu setzen.

Den Esstisch hatte sie bereits mit Löffeln und Bechern gedeckt, neben dem Herd stapelten sich irdene Schüsseln. Da die größeren Kinder erst nach und nach eintrudeln würden, ließ sie den Eintopf in der Wärme des Feuers stehen.

Molly wandte sich wieder der geöffneten Haustür zu und tastete die grüne Landschaft Ausschau haltend mit den Augen ab. Was sie nun erblickte, ließ sie zusammensacken. Ihre Beine gaben einfach nach. Sie wollte schreien, doch ihre Kehle war wie zugeschnürt. Eamon kam den Weg immer weiter entlang und schien nicht zu merken, dass ihm *Etwas* folgte.

Dies *Etwas* sah aus wie eine riesige dunkle Staubwolke, die dicht hinter ihm herzog. In einer endlosen Bewegung schien sich die Wolke im Wind aufzubauschen und nach einigen Metern wieder zusammenzuziehen. Fast so, als würde sie atmen.

Mollys Nerven überschlugen sich. Sie blinzelte, als könnte sie das seltsame Bild, das sich ihr bot, einfach wegknipsen. Sie schüttelte den Kopf, als könnte sie es aus sich schütteln. Doch mit jedem Schritt, den Eamon ging, wurde das Bild klarer, wurde es unausweichlicher.

Er erreichte nun die kleine Kreuzung, an der er zum Hof seiner Eltern abbiegen musste. Er winkte herüber. Molly stürmte aus dem Haus auf ihn zu, fuchtelte dabei mit den Armen.

„Hallo, Tante M!", rief Eamon fröhlich. Er ging federnden Schrittes an ihr vorüber und pfiff dabei eine kleine Melodie. Molly stockte das Blut in den Adern. Wie erstarrt stand sie am Gatter ihres Gartens, unfähig, den Gruß zu erwidern.

Das *Etwas* folgte ihm dicht und dunkel und schien ihn nun, da sie Eamon nur noch von hinten sehen konnte, gänzlich einzuhüllen. Ein paar Schritte später verschluckte eine kleine Biegung die unheimliche Szenerie. Unwillkürlich fragte sie sich, ob sie sich das alles nur eingebildet hatte.

Minuten vergingen, ehe sie sich aus ihren Gedanken fortreißen konnte und ins Jetzt zurückkehrte. Sie band ihre Schürze neu und fuhr mit den Fingern am Rande ihres Kopftuches entlang, um die verirrten Strähnen wieder darunter zu schieben. Einen letzten Blick warf sie in die Ferne. Nichts.

Wo blieb eigentlich Finney?

Schülerberichte aus Ballylongford über Wettervorhersagen

#1

Unser Lehrer gab uns die Aufgabe, möglichst viele Informationen über die Vorzeichen des Wetters zu finden.

Am Sonntagabend ging ich aus und traf einen Mann, der das Wetter sehr gut einschätzen konnte. Ich fragte ihn, wie das Wetter morgen werden würde. Er sah zur Küste von Clare hinüber und sagte, es würde Frost geben.

Zeichen für gutes Wetter sind diese: Wenn die Sonne abends rot leuchtet. Wenn sich nachts ein Ring um den Mond bildet. Wenn die Schwalbe hoch fliegt. Wenn klarer Nebel vom Land aufsteigt.

Zeichen für Regen sind: Wenn die Sonne blass untergeht. Wenn man im Sommer den Brachvogel über das Land fliegen sieht. Wenn an der Küste von Ballybunion die Wellen hoch aufsteigen. Wenn die Schwalbe tief fliegt.

Wenn die Sterne am Himmel klar zu sehen sind, gibt es Frost. Ebenso, wenn die Wildgänse ans Ufer fliegen. Die Nordwinde bringen keine starken Schneefälle!

#2

Neulich bat uns unser Lehrer, alle Informationen über Wetterzeichen zu sammeln, die wir finden konnten. Der erste Mann, den ich traf, war Michael Enright, und ich begann mein Gespräch mit „Wird es morgen schön, Sir?"

Er nahm seine Pfeife aus dem Mund, schaute in Richtung Ballybunion und sagte, es würde am Morgen sehr frostig sein, aber der Rest des Tages würde schön werden.

Er erzählte mir noch mehr. Wenn ein Ring um den Mond schimmert, ist das ein Zeichen für Regen. Wenn das Meer hell ist, wird das Wetter gut, und wenn das Wasser trüb und wild ist, wird es schlecht. Ein sternenklarer Himmel ist ein Zeichen für schlechtes, stürmisches Wetter.

Wenn der Kranich in die Moore fliegt, ist das ebenfalls ein Zeichen für schlechtes Wetter, und wenn er auf dem Meer bleibt, ist das ein sicheres Zeichen für gutes Wetter. Der Südwind bringt Regen, der Nordwind bringt Schnee und Stürme.

#3

Unser Lehrer trug uns auf, alle lokalen Wetteranzeichen zu sammeln, die wir finden konnten. Am Sonntag nach dem Abendessen ging ich los.

Ich traf einen alten Mann und fragte ihn, ob es morgen schön sein würde. Er nahm seinen Hut ab, sah sich um und sagte, es würde gut werden. Dann nannte er mir die folgenden Zeichen.

Zeichen für Regen: Wenn ein Ring um den Mond ist. Wenn der Wind aus dem Süden kommt. Wenn der Brachvogel ins Land fliegt. Wenn die Wellen in Ballybunion laut brechen. Wenn Wolken um die Sonne sind. Wenn die Schwalben tief fliegen. Wenn die fernen Hügel nah erscheinen. Wenn die Krähen auf Zäunen sitzen.

Zeichen für schönes Wetter: Wenn es eine Morgenröte gibt. Wenn die Brachvögel und Kraniche ans Ufer fliegen. Wenn die Schwalben hoch fliegen. Ruhige Gezeiten und helle Sterne. Außerdem ist es ein sicheres Zeichen für gutes Wetter, wenn das Feuer blau ist!

#4

Es gibt viele gute und viele schlechte Vorzeichen für das Wetter. Ich habe meinen Vater danach gefragt und er hat mir folgende Beschreibungen gegeben.

Es ist ein Zeichen für gutes Wetter, wenn der Wind aus dem Norden weht. Es ist ein schlechtes Zeichen, wenn der Wind aus dem Süden weht. Und es ist oft schlecht, wenn der Wind aus dem Westen weht. Es ist ein gutes Zeichen, wenn der Mond hell und klar ist, und es ist ein schlechtes Zeichen, wenn ein Kreis um ihn herum ist. Es ist ein gutes Zeichen, wenn der Rauch fein aus dem Schornstein steigt, und es ist ein schlechtes Zeichen, wenn er dicht und undurchsichtig ist.

ANTRIM

Am letzten Dienstag des Monats trifft sich die eingeschworene Musikantenge-meinschaft Mayos im Hinterzimmer von *Rouse's Bar* in Ballina, um ungestört und gemeinsam der liebsten Tätigkeit nachzugehen.

Laura kommt als Erste auf mich zu und fragt, was sie mir zu trinken bringen darf. Ich stütze sie auf dem Weg zur Theke. Trotz ihrer jungen vierundvierzig Jahre kann sie nur noch mithilfe eines Stockes sicher gehen. Sie möchte mich gerne einladen, doch das ist nicht nötig. Mein Pint o'Water mit einer Scheibe Zitrone wurde auf irischem Boden bisher nie in Rechnung gestellt.

Zurück am Tisch überprüft sie ihre Instrumenten Auswahl. Diverse Rahmen-trommeln stapeln sich auf der Sitzbank zwischen ihrem Saxophon und einer irischen Bouzouki. Etwa zwölf verschiedene Trommelschlägel liegen auf dem Tisch verstreut und warten auf ihren Einsatz. An der Bodhran ist sie im wahrsten Wortsinn unschlagbar.

Mir gegenüber in der Runde sitzt Ray mit einer Westerngitarre, die beinahe so groß ist wie er selbst. Er bekommt einen Hustenanfall. Laura wirft ihm eine volle Packung Bonbons hinüber und meint beiläufig, er könne sie gern behal-ten.

Dave eröffnet die Runde, wie immer mit *Long Black Veil*. Alle steigen ein und verlieren sich in der strahlenden Melodie des Refrains.

Keine zehn Jahre ist es her, dass Dave zum ersten Mal eine Gitarre in die Hand nahm. Kurze Zeit später gründete er seine eigene Session. Er ist die Son-ne der Runde, ohne ihn wäre keiner der Anwesenden hier.

Die Strapazen schlafloser durchsungener Nächte und dem ein oder anderen Glas Bier sind allen anzusehen, und dennoch lässt keiner diesen Abend aus. Ein besonderer Raum öffnet sich im gemeinsamen Schöpfen und Erschaffen von Melodie und Rhythmus, der heilt und zusammenfügt, befreit und Leben spendet.

Nach einer Weile setze ich mich zu Sean hinüber, und wir plaudern über dieses und jenes. Er redet gerne schnell, verschluckend und sehr irisch, so dass ich ihn im Getöse des Geschehens nur schwer verstehen kann. Mehr Zeit auf der Insel verbringen, die Sprache im Schlaf beherrschen, denke ich.

Ich erzähle ihm, wie anders sich diese Reise anfühle, verglichen mit den vorherigen. „Sie sind alle wunderschön gewesen, keine Frage, doch dieses mal ist einfach etwas anders."

„Was ist anders?"

„Es ist so ein Gefühl, nein, vielleicht eine Gewissheit. Es ist so ein unglaubliches selbstverständliches Willkommensein. Nie zuvor habe ich so etwas erlebt. Ist das verrückt?"

„Hmm ... Once you've found your tribe ...", murmelt Sean. Er streicht seine Hose glatt. „Es ist ganz einfach. Ihr habt euren Stamm gefunden."

Was sagt er? Ich lasse seine Worte in meinem Kopf kreisen. Einen Stamm gefunden. Unseren Stamm?

Ray erhebt sich von seinem Platz und gesellt sich dazu. „Wisst ihr, ich fand schon immer, ihr seid ein bisschen irisch."

Auch mein Partner, der die ganze Konversation genau beobachtet hatte, steht plötzlich neben mir. „Das finde ich auch", sagt er lachend. Er darf das sagen. Schließlich reist er seit fünfunddreißig Jahren auf die Insel.

Dave legt seine Gitarre in den Koffer und zwinkert uns zu. Schluss für heute. „See you on Friday!", ruft er mit weit ausholender Geste in den Raum.

See you on Friday, Dave.

Zurück

Die Uhren stehen still – wir gingen
wie Vögel durch das Loch der Zeit
Von ferne hör ich einen singen
wenn er mir nachts die Stimme leiht

Wie unter eines Baumes Rinden
scheint alles Rätsel hier versiegt
Wo ist ein Fragen, wo ein Finden
wir starren kurz und nichts geschieht

Dabei strömt aus uns tief ein Wollen
in groß und frei vergossner Zahl
Ein Vogel hätt ich werden sollen
sie kehren heim und hatten keine Wahl

The Dead Man's Knock

Das erste mal hörte der alte Dónall Sweeney den Dead Man's Knock am 25. Juli 1945. Es war der selbe Tag, an dem der spätere amerikanische Präsident John Kennedy als Zeitungsreporter nach Dublin kam, um den irischen Premierminister Éamon de Valera zum Thema der Teilung Irlands zu interviewen.

Dónall lebte damals in einem hübschen Steinhäuschen am Stadtrand von Letterkenny. Mit Schweiß und harter Arbeit hatte er es zu diesem Wohlstand gebracht. Und obwohl die Dielen knarzten, wenn er darüber ging, und die blassen Tapeten sich an den Wänden längswärts wellten, war dies sein Stolz und *place-to-be*. Es gab eine steinerne Spüle im Flur mit fließendem Wasser und einen kleinen Herd daneben. Eine Vermietung der gemütlichen Schlafkammer an Montagearbeiter oder andere Durchreisende brachte hin und wieder einen netten Nebenverdienst.

Doch am Abend des 25. Juli war kein Gast in dem kleinen Haus in der Pearse Road zugegen. Dónall trank eine letzte Tasse Tee, bevor er über eine schmale Leiter in sein Lager unter dem Dach stieg.

Er war längst eingeschlafen, als ihn drei harte Schläge gegen die Haustür aus dem Schlaf rissen. Dónall schoß hoch und griff instinktiv nach der alten Spitzhacke hinter dem Kopfteil des Bettes. Er überlegte, ob er heruntersteigen und oder lieber oben bleiben sollte, als der Fremde hinter der Tür zu sprechen begann.

„Dónall, bleib ruhig liegen, ich wollte dir nur gute Nacht sagen! Ich war gerade noch drüben bei O´Brien und hab einen für dich mitgetrunken. Du hast mir gefehlt, Alter!"

„Harry, Junge, du hast Nerven! Nein, bitte warte doch einen Moment", rief Dónall schnell, holte die Paraffinlampe vom Esstisch und öffnete die Tür. Es war stockdunkle Nacht. Er gab seinem Freund einen Handschlag.

„Gut, dich zu sehen, Mann. Aber was, bei Gott, treibt dich so spät noch zu mir? Wieso kommst du nicht morgen oder übermorgen vorbei, und wir gehen zusammen einen trinken?"

„So machen wirs, so machen wirs. Wollte nur schnell vorbeischauen, ist ja nicht weit von O´Brien hierher, du weißt ja", entgegnete Harry augenzwinkernd.

„Na dann ... bis übermorgen, Harry. Pass auf, dass du nicht in den Straßengraben fällst."

„Werd ich nicht, werd ich nicht. Bis dann, Kumpel!"

Dónall schloss kopfschüttelnd die Tür und kroch zurück in sein Bett. Dass sich hier etwas höchst Merkwürdiges zugetragen hatte, wurde ihm erst zwei Tage später bewusst.

Dónall saß in der Stube und wartete auf seinen Freund Harry. Nach einer Weile hielt er es nicht mehr aus, schlüpfte in seine Jacke und stiefelte los. Wahrscheinlich ist Harry direkt zu O´Brien gegangen, dachte er.

Im Pub herrschte reges Treiben, obwohl es erst früher Nachmittag war. Dónall hatte sich gerade das erste Pint bestellt, als die Tür mit einem Knall gegen die Wand aufgerissen wurde. Alle Augen richteten sich auf die schmale Gestalt, die nun bebend in der Mitte des Pubs stand. Sie zog ihren Mantel fester. Keiner sagte etwas. Eine halbe Minute stand sie einfach so da, bis es aus ihr herausbrach.

„Es tut mir leid, Freunde ... er hat es nicht geschafft.", schluchzte sie und schlug die Hände vors Gesicht.

Dónall sprang auf und nahm sie bei den Schultern. „Was redest du da, Rosie! So beruhige dich doch." Er kramte ein altes Taschentuch hervor. „Und sag, wo steckt eigentlich dein Mann? Wir sind verabredet."

O´Brien kam hinter seiner Theke hervor und schob Dónall beiseite.

„Lass gut sein, Dónall. Hast du es denn nicht gehört?"

Nein, Dónall hatte es nicht gehört.

„Vorgestern gab es hier eine kleine Streiterei. Einer von drüben war hier, frag mich nicht wieso. Er hat uns alle provoziert. Harry hatte schon gut einen sitzen und ging auf ihn los. Du weißt ja, dass er nicht lang fackelt. Die beiden haben sich gegenseitig aus dem Laden geprügelt ..." O´Briens Stimme senkte sich „... bis Harry irgendwann auf dem Bordstein lag und sich nicht mehr regte. Gott, verdammt, Dónall, wo warst du eigentlich die letzten Tage, dass du nichts mitbekommen hast?" O´Brien führte

Rosie an einen geschützten Platz weiter hinten im Pub. Eine Kellnerin brachte ihr Tee und Scones. Dann wandte er sich wieder Dónall zu.

„Wann war das, Brien? Ich meine, um welche Uhrzeit?"

„Junge, was weiß ich, es war vielleicht zehn. Alle waren aufgeregt und haben durcheinander geschrien. Die anderen haben sich den Arsch geschnappt und ordentlich geknetet. Harry wurde nach Hause gebracht. Es war fürchterlich."

Dónalls Hals wurde trocken. Er dachte an Harry, der erst zwei Tage zuvor bei ihm geklopft hatte. Wie viel Uhr war es da gewesen? Er konnte sich nicht erinnern. Später, dachte er, aber unmöglich.

Es muss vorher gewesen sein. Doch wann?

Dónall ging noch einmal zu Rosie hinüber, entschuldigte sich für sein Verhalten und bekundete sein tiefstes Beileid. Dann stürzte er aus dem Pub. Es begann zu regnen.

Das zweite Mal, als Dónall den Dead Man's Knock hörte, war im Jahr darauf.

Es war Ende November, der Wind blies scharf und eiskalt durch die Ritzen seines kleinen Steinhauses. Unten verglühte ein letzter Rest Torf im Ofen. Dónall drehte sich unruhig auf seiner Strohmatratze.

Das Dach über seiner Schlafstatt brauchte ein paar neue Binsen, so viel stand fest. Er rechnete gerade herum, was diese Investition kosten würde, als jemand drei mal gegen die Tür schlug. Dónalls Nackenhaare stellten sich, er begann zu schwitzen.

„Dónall, bist du da?", rief eine dünne Stimme.

Das war Odhrán. Sein Freund und Gefährte seit jeher.

Nicht Odhrán, dachte er, nicht Odhrán!

„Dónall? Wie gehts dir, mein Freund. Ich muss dringend was mit dir besprechen. Ich war vorhin in Dublin. Du wirst nicht glauben, wen ich dort getroffen habe."

In Dublin? Niemand kam so schnell nach Dublin. Und wieder zurück?

Dónall überlegte fieberhaft, was er tun sollte. Hinabsteigen und die Tür aufreißen in dem Versuch, Odhrán zurückzuholen zu den Lebenden? Doch was, wenn es ihm nicht gelang, und er ihn stattdessen mitnehmen würde? Wenn Dónall eines wusste, dann, dass mit den Toten nicht zu scherzen war. Er kannte genug Geschichten von solchen, die nie wieder kamen. Von Kindern, die den Geist der Mutter festhielten, und von Müttern, die ihre toten Söhne nicht gehenlassen konnten.

„Odhrán, Junge, ich weiß gar nicht, was ich sagen soll ...", stammelte Dónall.

„Lass gut sein, Dónall. Das Wetter ist scheußlich. Ich werd zusehen, dass ich nach Hause komme. Vielleicht kommst du morgen rüber. Gute Nacht, dann!"

Dónall wollte noch etwas erwidern, doch er brachte es nicht fertig. Die darauf folgende Stille schien ihn zu erdrücken. Eine Ewigkeit lag er so da, bis ihn die Müdigkeit schließlich übermannte.

Am nächsten Morgen eilte er sofort zum Haus des Freundes, das nur einen Steinwurf weiter am Oatfield Roundabout lag. Er hämmerte so lange gegen die Haustür, bis diese von selbst aufsprang. Er suchte alles ab, jeden Raum und jeden Winkel, was schnell vonstatten ging, da das Haus aus nicht mehr als zwei Räumen bestand. Der Mantel hing am Haken, darunter die Stiefel, doch nirgends eine Spur des Freundes.

Dónall kämpfte mit den Tränen und der Angst, die ihm der kalte Raum und die Geschehnisse der letzten Nacht einflößten. Er setzte sich an den leeren Tisch und vergrub das Gesicht in den Händen. Vor ihm lag eine aufgeschlagene Zeitung.

22. November – Walt Disney kommt in Dublin an. In einem Treffen mit der Irish Folklore Commission *möchte er seine Forschungen über Kobolde für einen bevorstehenden Film vorantreiben.* Dónall biss sich auf die Lippen und fegte die Zeitung vom Tisch. Obwohl man den Leichnam Odhráns nie finden würde, war er sich in diesem Moment sicher, dass sein Freund nicht mehr am Leben war.

Mit diesem Erlebnis sollte sich Dónalls Verstand für immer verändern. Zunehmend zog er sich zurück, ging nicht zum Pub, nicht zur Arbeit. Wenn es bei ihm klopfte, rannte er mit der Spitzhacke bewaffnet zur Tür und riss sie schreiend auf.

Niemand verstand so recht, was mit ihm geschehen war, denn Dónall behielt das Erlebte für sich. Manche meinten, er habe den Tod seines guten Freundes Odhrán nie verwunden, andere wiederum waren der Ansicht, er wäre schon immer ein verrückter Kauz gewesen, und dies nur die Folge eines wohl angeborenen Wahnsinns. Es musste in der Familie liegen. War nicht sein Vater ebenso ...?

Nach vielen Überlegungen beschloss Dónall, sein Haus in der Pearse Road zu verkaufen und woanders einen Neuanfang zu wagen. In Muff, rund zwanzig Meilen nordöstlich von Letterkenny, wurde er fündig. Später würde er sagen, dass dies die beste Entscheidung seines Lebens gewesen war. Hier würde er auf seine alten Tage hin noch einmal heiraten, und sogar Kinder und Enkelkinder würde er bekommen.

Doch vorerst war er alleine hier. Jedenfalls dachte er das. Das Grundstück war größer als das letzte, eine Hecke trennte es von der Straße und ließ das kleine Cottage hinter dichten Zweigen verschwinden.

Die Fassade, einst weiß getüncht, starrte einem schmutzig entgegen. Blaue Fensterläden leuchteten bizarr daraus hervor. Er dachte an *Morning after Rain*, ein Gemälde von Jack Yeats, das er einmal bei einer Wanderausstellung zu Gesicht bekommen hatte.

Dónall gab sein Bestes, den Blick nach vorn zu richten. Er lebte sich in seinem neuen Zuhause ein, und bald verlor auch die Hausfassade ihren Schrecken. Sobald er wieder etwas flüssiger war, würde er sie neu streichen.

So verbrachte er also seine Tage hier in Muff, bemüht um Frieden, und doch zunehmend melancholisch. Bis zu jener Nacht, in der ihn ein wohlbekanntes Klopfen aus dem Schlaf riss.

Dónall fuhr sofort hoch und stürzte schreiend zur Tür. „Was immer du bist, verschwinde! Ich war Zeit meines Lebens ein frommer Mensch, und ich habe die Traditionen dieses Landes geachtet! Ich habe auch die Traditionen der Geister geachtet, so wie es mir meine Eltern beigebracht haben! Gib mir meinen Frieden zurück!" Er begann zu schluchzen. „Ich will doch nur meinen Frieden!"

Eine Weile passierte nichts. Dann hörte er Schritte, die auf dem Absatz kehrtmachten und langsam verklangen. Dónall sank zu Boden. Er wagte nicht, sich zu regen oder gar die Tür zu öffnen.

Und so wurde es Dónall ein drittes und letztes Mal zuteil, den Dead Man's Knock zu hören. Wessen Geist es war, der da an seine Tür geklopft hatte, war schwer zu sagen. In der Folge des Ereignisses starben drei Menschen, mit denen Dónall zu tun hatte.

Er fühlte sich schuldig an ihrem Tod, doch war ihm klar, dass er es nicht hätte verhindern können. Die Welt der *Anderen* kennt ihre eigenen Gesetze, und auf Güte brauchte man nicht zu hoffen. Viel eher auf eine gute Portion Glück.

Als Dónall einige Jahre später Vater wurde, gelang es ihm endlich, über die schrecklichen Erlebnisse jener Nächte zu sprechen. Insgeheim hoffte er auch, dem Spuk auf diese Weise für alle Zeit ein Ende bereiten zu können. Die Geschichte wurde fortan an jede neue Generation weitergegeben. Und so kam es, dass der Dead Man's Knock die Familie Sweeney nie wieder heimsuchte.

Anmerkung:

Man sagt, dass Menschen, die den Dead Man's Knock hören, entweder eine Verbindung zu einer kürzlich verstorbenen Seele haben oder mit einer Seele in Not in Kontakt treten.

Wer gelegentlich diese Klopfgeräusche hört, sollte zu aller Sicherheit ein Gebet für jenen Bedürftigen sprechen, der da an seine Tür klopft.

Connemara

Diamond Hill, Regen und Tee,
Der Himmel liegt im See

Wir wandern über feuchtes Moos,
durch Wollgras, Augentrost

Von glatten Bergen umringt,
ein Land, das tiefer sinkt

      Sona Sásta
      Fáilte Álainn, tá grá agam duit

Ginster und Rhododendron
Schafe grasen stumm

Im Garten dieser Welt
Du nährst, was dich betritt

Meine Suche endet hier,
Connemara

      Sona Sásta
      Fáilte Álainn, tá grá agam duit

Lebor Gabála Érenn – oder wie die Feen nach Irland kamen

Das *Lebor Gabála Érenn* – das Buch der Landnahmen Irlands – ist eine Textsammlung verschiedener Autoren. Mit dem Versuch, die irische Mythologie mit dem christlichen Weltbild zu vereinen, wurde es zwischen dem 9. und 12. Jahrhundert nach Christus verfasst.
In diesem Werk wird beschrieben, wie Irland von sechs Invasionen heimgesucht, und schließlich von den Kelten erobert wird.

Den ersten Versuch einer Landnahme wagte *Cesair*, eine Enkelin des biblischen Noahs. Um der großen Sintflut zu entkommen, wurde sie mit drei Schiffen nach Irland geschickt. Auf der Reise sanken zwei der Schiffe, und so landeten nur fünfzig Frauen und drei Männer auf der Insel. Zwei der drei Männer verstarben. Der Letzte von ihnen, *Fintán*, verwandelte sich in einen Fisch, um sich vor den Frauen zu verstecken. Nach der Sintflut, die bald über die Welt hereinbrach, war er der einzige Überlebende.

Dreihundert Jahre stand Irland in der Folge menschenleer, bis eine zweite Welle von Siedlern die Insel erreichte.
Partholon, ein Prinz aus Griechenland und zugleich ein weiterer Nachfahre Noahs, befand sich wegen des Mordes an seinen Eltern auf der Flucht. Er besiedelte die Insel, förderte Gold, züchtete Rinder und braute Bier. Seine Siedler bestellten das Land und machten es urbar.
Doch Partholon und sein Volk waren nicht allein. Vor den Küsten Irlands lebten die dämonischen riesenhaften **Fomoraig**, die die Siedler bald zum Kampf herausforderten.

Die erste legendäre Schlacht von Irland konnte Partholon glanzvoll gewinnen. Jedoch währte das Glück nicht ewig: Hundertzwanzig Jahre nach seinem Tod wurde der Elternmord schließlich durch eine höhere Macht auf dem Rücken seines Volkes gerächt. Innerhalb einer einzigen Woche raffte eine schreckliche Seuche alle Siedler dahin, alle bis auf einen.

Túan mac Cairill überlebte nicht nur die schlimme Seuche. Er lebte noch viele weitere tausend Jahre auf der Insel, indem er seine Gestalt immer wieder wandelte. Später wurde ihm die Übergabe des Lebor Gabála Érenn an die Mönche zugeschrieben.

Dreißig Jahre nach diesem Unglück erreichte eine dritte Gruppe Siedler die Insel.

Die *Nemedier* waren mit einer beträchtlichen Zahl Schiffen in Griechenland aufgebrochen, von denen jedoch nur eines Irland erreichte. Sie waren es, die dem Land im Verlauf ihrer Herrschaft seine endgültige landschaftliche Gestaltung gaben.

Wie Partholons Volk zuvor versuchten auch die Nemedier, den Angriffen der Fomoraig standzuhalten. Die drei ersten Schlachten konnten sie für sich entscheiden, doch in der vierten Schlacht wendete sich das Blatt.

Im Angesicht einer nahenden Niederlage stürmten die Nemedier den Turm der Fomoraig auf der Insel Tory Island, um ihren Anführer zu ermorden. Diesen Zug jedoch mussten die verbliebenen Krieger mit dem Höchstpreis bezahlen. Den letzten Überlebenden gelang eine Flucht von der Insel, die nun wieder verlassen dalag.

Etwa zweihundert Jahre später wagten die *Fir Bolg* vom Stamm der Nemedier aus Griechenland als vierte Gemeinde eine Landnahme Irlands.

Sie teilten die Insel in die fünf Provinzen North Munster, South Munster, Connacht, Ulster und Leinster. Ihre fünf Anführer machten Irland zum Königreich und führten ein Rechtssystem ein. Allerdings dauerte ihre Herrschaft gerade siebenunddreißig Jahre, als eine nächste Welle Invasoren vor der Küste auftauchte.

Die *Túatha Dé Danann* waren mächtige Magier mit übermenschlichen Fähigkeiten und Nachkommen der Göttin Danu. Sie formierten sich aus jenen verbliebenen Anhängern Nemeds, die nach der letzten Schlacht zwischen Nemediern und Fomoraig in die vier Ecken der Welt verstreut wurden.

In einer dunklen Wolke erreichten sie die Küste des County Leitrim. Bei sich trugen sie die vier großen Schätze ihres Volkes.

Diese waren:
- der Stein des Schicksals von Falias
- das Lichtschwert des Nuada aus Gorias
- der Speer des Lugh aus Finias
- der Kessel des Dagda

Bereits in der ersten sagenumwobenen Schlacht von *Mag Tuired* besiegten die Túatha Dé Danann die Fir Bolg und wurden Herrscher über Irland. Auch die Fomoraig konnten ihnen nichts entgegensetzen.

Die Túatha Dé gründeten die große Stadt bei Tara. Ebenso werden ihnen viele der vorkeltischen Monumente Irlands zugeschrieben.

Fast dreihundert Jahre herrschten sie unangefochten, bis eine sechste und letzte Einwanderungswelle die Insel erreichte.

Die *Milesier*, Söhne des Mil oder auch Gälen, erreichten Irland etwa 200 vor Christus mit einer großen Streitmacht aus Spanien.

Für einige Zeit konnten die Túatha Dé Danann ihre Angreifer mit Magie in Schach halten. Doch mit Hilfe ihres mächtigen Druiden *Amergin* gelang es den Milesiern schließlich, an Land zu gehen.

Die Fremden trafen bald auf die drei schönen Schwestern *Fodla*, *Banba* und *Eri*, die ihnen ihre Unterstützung im Kampf gegen die Túatha Dé anboten. Der Anführer der Milesier erwählte Eri zu seiner Frau. Bis heute gibt sie Irland ihren Namen.

Die Söhne des Mil verfolgten ihren Plan der Landnahme unaufhörlich. Als sie des großen Sieges sicher in Tara einmarschierten, ersannen die Túatha Dé Danann eine List. Den Milesiern wurde befohlen, die Insel unverzüglich zu verlassen. Würde es ihnen jedoch im Laufe der Zeit ein zweites Mal gelingen, die Küste des Landes zu erreichen, so würden sie sich ihnen kampflos ergeben. Die Milesier rieben sich die Hände, stimmten dem Vorschlag zu und verließen die Insel.

Als sie nach einiger Zeit zurückkehrten, mussten sie jedoch feststellen, dass die Túatha Dé ihr Wort nicht hielten. In einer grausamen Schlacht wehrten sie sich mit allen Kräften gegen die Angreifer. Doch der Lauf des Schicksals war nicht zu ändern: Die Túatha Dé Danann wurden vernichtend geschlagen.

Von nun an sollten die Söhne des Mil das Land oberhalb der Erde beherrschen, die Túatha Dé jenes Reich unter der Erde. Sie bezogen die *Sídhe* (Hügel) der Insel und wurden als *Aos sí* (Volk der Feenhügel) Herrscher der Anderswelt.

Jedoch gibt es eine weitere Version der Geschichte: Nach der Niederlage soll die Göttin Danu selbst ihr Volk nach *Tír na nÓg* geschickt haben, das Land der ewigen Jugend. Nur wer sich ihrem Befehl widersetzte, wurde auf ewig in das unterirdische Reich der Finsternis verbannt.

Irisches Tagebuch

für Heinrich Böll

Schmal steht es neben deinen andern
weiß, verstehen zu machen
nicht zu mahnen

und so fand ich es zwischen all den Sachen
schlicht im Regal,
zwischen Krimis und Groschenromanen.

Es wurde Begleiter, am Strand,
beim Essen,
in Connemaras Bergen, unvergessen

Es machte mich stolz und froh
denn, ist es im Leben nicht manchmal so,
        dass wir denken, etwas sei vorüber ...

Wir gehen hin, und staunen bald,
wie etwas anders sein kann ... und doch nicht,

nach siebzig Jahren
ein Irland
das im Kern immer
        das selbe ist.

Die unsichtbare Kutsche

Ein Mann ging von Newport nach Mallaranny. Es war gerade Tagesanbruch. Plötzlich hörte er das Rattern einer Kutsche auf sich zukommen, das so klar wie tausend Glocken war. Es wurde immer lauter.

Unweit von ihm entfernt gab es einen Schotterweg, und er hörte den Wagen mit großem Lärm über die Steine rasen. Doch obwohl die Kutsche direkt auf ihn zuzukommen schien, konnte er sie nicht sehen.

Der Mann wurde zusehends nervöser, er ging schneller und immer schneller. Als vor ihm ein Bach auftauchte, sprang er mit einem Satz über ihn hinweg. Augenblicklich verstummte der Lärm.

So scheint es, dass die Überquerung eines fließenden Gewässers einen Bann brechen kann, in den man versehentlich geraten ist.

Rathfran Graveyard

Die heiligen Stätten der *kleinen Leute* waren für Finney seit jeher Orte mit magischer Anziehungskraft gewesen. Als Kind verbrachte er ganze Nachmittage in den Ringforts um Killala. Er träumte dort, dachte nach oder spielte mit den Feen, die hier lebten. Seine Geschwister mieden diese Orte ebenso wie die meisten anderen im Dorf. Nur sein jüngerer Bruder Darragh begleitete ihn gerne.

Finney sah keinen Grund, sich vor den *kleinen Leuten* zu fürchten, sie waren immer gut zu ihm gewesen. Für ihn war die Zeit im Ringfort die allerschönste. Bis zum heutigen Tag kann man die große ihm innewohnende Achtung jener Kindheitstage spüren, wenn er von ihnen erzählt. Dann werden die *kleinen Leute* zu Helfern, zu Freunden und Kameraden. So ist es nicht verwunderlich, dass er viele Jahre später einem nicht ganz ungefährlichen Vorhaben zustimmte.

Es war Herbst in Irland, später Herbst, eigentlich war es laut dem Gälischen Kalender bereits Winter. Wüste Stürme und Regengüsse hatten die Insel in ein Wattland verwandelt. Mit jedem Schritt über die braunen Felder sank man tiefer in den Boden ein, die Straßen lagen unter schwarzen Pfützen, und der Wind blies einem das letzte Leben aus dem Leib.

Finney hatte zu seinem fünfzehnten Geburtstag ein Moped bekommen. Seither raste er pausenlos durch die Gegend. Eine neue Freiheit hatte sich in ihm ausgebreitet, und er genoss sie in vollen Zügen.

An einem Sonntag nach der Messe kam der Kaplan auf ihn zu.

„Finney, ich habe eine Aufgabe für dich. Du hast doch ein Motorrad, richtig."

„Ja, Vater, ein Moped."

„Und du kennst den Friedhof oben in Rathfran, nehme ich an."

„Ja, Vater."

„Nun. Es wäre mal wieder an der Zeit, dort oben ein bisschen Ordnung zu schaffen. Wohnt dein Cousin nicht in der Nähe? Wie war doch gleich sein Name?"

„Ja, Vater, in Cloonboy. Er heißt Aidan."

„Sehr gut. Also dann, Finney, am Besten machst du dich gleich morgen an die Arbeit. Der Herr wird es dir danken. Und grüß deinen Cousin von mir, wenn du ihn siehst!"

Zurück zu Hause überlegte Finney, weshalb der Kaplan gerade ihn für diese Aufgabe ausgewählt hatte. Wollte er ihn bestrafen? Er hatte nichts angestellt in den letzten Wochen. War es des Mopeds wegen?

Das allein konnte es sicher nicht sein, denn es war nicht sonderlich weit nach Cloonboy. Zu Fuß ging man etwa eine Stunde. Außerdem war immer jemand unterwegs, der einen gerne mitnahm. Jeder kannte hier jeden.

Nein, etwas anderes machte ihn zum geeigneten Kandidaten für diese Aufgabe. Im Dorf war es kein Geheimnis, dass er sich schon als Kind in den *Ráthanna* herumtrieb, auch der Kaplan wusste das. Kaum einer kannte die Gegend auf der anderen Seite des Cloonaghmore Rivers so gut er. Unzählige Megalithgräber und Steinkreise übersäten jenen Zipfel nördlich von Killala. Als Kind war er oft dort gewesen. Dadurch war er in der Lage, sich absolut sicher zwischen diesen Gefahrenherden zu bewegen, und das musste man, wenn man eine solche Aufgabe unbescholten ausführen wollte.

Am nächsten Tag machte er sich gleich nach der Schule auf den Weg. Der Himmel lag düster und verschlossen über ihm. Er überquerte rasch die Palmerstown Bridge und bog auf die kleine Halbinsel ab. Am Sitz des Druiden öffnete sich der Himmel schließlich und goss seine kalten Schauer herab. Finney sah das Haus seines Cousins Aidan wie ein Wetterleuchten aus den fernen Nebelschwaden herausragen. Er war fast da. Nach einer letzten Biegung erreichte er den Friedhof. An der Mauer bremste er ab und schob sein Moped die wenigen Meter bis zum Eingang.

Der Friedhof zog sich über einen kleinen Hügel bis an den Rand des Meeres. Die Sandbänke der Rathfran Bay lagen grauschwarz hinter einem dichten Vorhang aus Dunst. Finney blickte nach oben in den regengrauen Himmel und fühlte schlagartig eine gewaltige Einsamkeit.

Die alte Lederjacke klebte an seinen Armen, die steifen Finger ließen sich kaum vom Lenker lösen.

By the sake of ..., wie kam man dazu, einem Jungen bei diesem Sauwetter eine solche Arbeit aufzuhalsen, fluchte er. Zerknirscht machte er sich daran, mit Bürste und Spachtel die bemoosten Steintafeln abzuschrubben.

In der Mitte des Hügels erhob sich die Ruine eines Gebäudes, wahrscheinlich einer Kirche. Dies war ein heiliger Ort. Finney spürte die Präsenz tausender Wesen um sich herum. In seinen Ohren summte es.

Auf einigen der uralten Gräber standen keine Grabsteine mehr. Intuitiv machte er um diese Gräber einen großen Bogen.

Mit äußerstem Bedacht bewegte er sich über das Gelände und war bemüht, die Arbeit so schnell wie möglich hinter sich zu bringen. Er fegte die Wege und sammelte auf, was nicht hierher gehörte. Er prüfte die Beschläge der quietschenden rostigen Eisentore und ölte die Scharniere.

Als alle Arbeit erledigt war, verstaute er die Arbeitsutensilien wieder in dem kleinen Schuppen auf der Stirnseite des Friedhofs und machte sich bereit zum Gehen. Von Osten zog bereits ein dunkler Schleier über den Himmel.

Er schob sein Moped wieder an der Mauer entlang bis zu der Stelle, wo er vorhin abgestiegen war. Dann erst öffnete er den Benzinhahn, drehte den Schlüssel, drückte die Kupplung und trat mit Schwung ins Pedal. Nichts geschah. Finney probierte es ein zweites Mal, und noch drittes, und noch ein paar weitere Male, doch es nützte nichts. Der Motor sprang nicht an.

Er wollte gerade wieder fluchen, als ihm sein Cousin einfiel. Er konnte Aidans Haus sogar von hier aus sehen, Licht brannte in der Stube. Es war nicht weit bis dorthin, vielleicht vierhundert Yards.

Finney brachte sein Moped auf die andere Seite der holprigen Straße und lehnte es an einen Baum. Dann machte er sich auf und folgte dem schummrigen Lichtfleck vor seinem Auge querfeldein. Es begann wieder zu regnen. For the ..., dachte er, und zog die Schultern an die Ohren.

Nach wenigen Minuten waren seine Schuhe vollkommen durchnässt. An manchen Stellen versank er gar bis zu den Knien. Stur setzte er einen Fuß vor den anderen und hielt den Blick nach vorn. Das letzte Tageslicht war nun gänzlich in das Dunkel der Nacht übergegangen.

Finney lief weiter und überquerte einen Bach, der nach all dem Regen der letzten Wochen zu einem kleinen Fluss angeschwollen war. Der schummrige Lichtfleck gaukelte ihm vor, nun beinahe am Ziel zu sein, doch auf sonderbare Weise schien er dennoch nicht näher heran zu kommen.

Nach einiger Zeit musste er erneut einen Bach überqueren. Finney hielt inne und schaute sich nervös um. Wie ein schwarzes Tuch umhüllte ihn die Nacht. Er konnte nichts sehen als das kleine schwach erleuchtete Stubenfenster im Hause seines Cousins Aidan. So beschloss er, weiter zu gehen, einen Fuß vor den anderen.

Als er ein drittes Mal einen Bachlauf erreichte, konnte er es nicht mehr abstreiten. Etwas stimmte hier nicht, etwas stimmte hier ganz gewaltig nicht! Angst kroch in ihm herauf.

Er erinnerte sich wage, dass es hier oben nur einen einzigen Bach gab. Sicher, der Regen konnte tiefe Furchen in das Land graben, in denen sich das Wasser sammelte, doch es blieben Furchen, Rinnsale.

Ohne weiter nachzudenken beschleunigte Finney seinen Schritt, kämpfte sich durch die matschigen Wiesen und ging beharrlich auf das Licht zu.

~

Aidan erhob sich von seinem Platz in der Eckbank, als es gegen die Tür klopfte. Er wunderte sich ob der späten Stunde und erschrak sehr, als er seinen Cousin auf dem kleinen Steinabsatz vor der Tür kauern sah. Die schwarzen Haare klebten wie ein strähniger Rahmen um sein blasses Gesicht und ließen ihn wie einen Geist aussehen, seine Jeans hatte einen langen Riss.

„Finney! Bei Gott, wo kommst du denn her! Es ist beinahe Mitternacht!" Er packte seinen Cousin unter den Armen und zog ihn ins Haus. Seine Wangen waren übersät von kleinen Kratzern und Schrammen, ebenso seine Hände.

„Mitternacht? ... verrückt", schlotterte Finney. Aidan führte ihn zum Sofa und wickelte ihn in eine Decke. Er holte Tee und Kekse und schenkte einen Becher voll.

„Mein Moped ist nicht angesprungen, da wollte ich zu dir kommen. Ich war auf dem Friedhof drüben, Ordnung machen. Der Kaplan hat mich darum gebeten. Er wusste schon, warum." Er zog die Decke über sich.

„Wovon redest du, Finney? Was wusste er?" Aidan versuchte, seine Besorgnis zu verbergen. Der Junge musste einen Schock haben. „Hier, nimm doch einen Keks ..."

„Die haben mich hier umherirren lassen, Aidan! Als ich losgelaufen bin, war es noch hell, verdammt! Und über drei Bäche bin ich gestiegen, über drei!!!"

„Aber bei Gott, Finney, wie ist das möglich. Hier gibt es doch nur einen Bach!" Er ließ die Hand, die noch immer den Keksteller hielt, sinken, und ging eine Runde durch den Raum. „Am besten bleibst du heute Nacht hier."

„Ich möchte lieber nach Hause, Aidan, aber danke. Vielleicht kannst du mich fahren?"

„Bist du sicher, Finney? Also gut ... Wo steht dein Moped?"

„Am Friedhof, aber ich sagte dir ja, es springt nicht an."

„Wir versuchen es noch einmal. Wenn es nicht läuft, nehmen wir den Wagen."

Sie liefen das kurze Stück die Straße entlang und erreichten wenige Minuten später den Friedhof.

„Nächstes mal bleibst du schön auf der Straße, ja", neckte Aidan und drehte den Schlüssel im Zündschloss. Er zog die Kupplung und stieg ins Pedal. Ein Versuch reichte. Das Knattern der Maschine schallte ohrenbetäubend durch die Nacht und ließ keine Zweifel offen. Finney nahm wortlos den Lenker entgegen, nickte als Dank für seine Hilfe und wollte schon losfahren, als Aidan seinen Arm festhielt.

„Finney, es war gut, dich mal wieder zu sehen, auch wenn die Umstände ... naja ... ungünstig waren. Vielleicht kommst du bald mal wieder vorbei. Und da fällt mir noch etwas ein ... ich ähm ... ich wollte dich eigentlich schon länger um deine Einschätzung in einer wichtigen Sache bitten." Aidan räusperte sich. „Ich wollte vorne zwischen Einfahrt und Garten eine kleine Mauer ziehen, nur eine kleine, du weißt schon. Und drüben in Carbad Beg gibt es einen Fort ..."

„Oh Moment mal, Moment mal, ist das dein Ernst? Möchtest du dir etwa die Steine aus dem Fort holen? Wie kannst du nach diesem Abend überhaupt noch daran denken! Du hast doch gesehen, was die mit mir gemacht haben!"

„Ja schon, also nein ... ich dachte nur ... naja. Eine blöde Idee, eine ganz blöde Idee, wie kam ich nur darauf."

„Aidan ... kann es sein, dass du mir nicht glaubst?"

„Wie kommst du darauf, Finney, wie könnte ich."

Finney schaute seinem Cousin tief in die Augen. „Wenn du ein bisschen Verstand hast, wirst du das besser bleiben lassen. Du weißt anscheinend nicht, mit wem du es zu tun hast. Versprich es mir!"

Aidan hob seine Hand zum Schwur. „Versprochen. Und jetzt mach, dass du loskommst. Und grüß deine Mutter!"

„Der Kaplan lässt ebenfalls seine besten Grüße an dich ausrichten. Vielleicht solltest du öfter zur Messe gehen. Auf bald", rief Finney, und verschwand knatternd in der Dunkelheit.

Ob wir nicht auswandern wollten, fragte Ann nach der Session in Balla.
Mit ihrem Mann war sie vor zwei Jahren aus England hierher gekommen. Sie hatten sich immer so *homesick* gefühlt, wenn sie die Insel wieder verlassen mussten.
Irgendwann dann war es so weit gewesen, *sie* waren so weit gewesen. Ließen alles zurück, ihre Kinder, die Enkel, ihre Freunde, und sie bereuten es nicht eine Sekunde.
Ann war recht unbegabt an der Fiddel, doch wenn sie sang, dann brachte sie den ganzen Raum zum Strahlen. Ihre Stimme war wie flüssig Gold, voll Gefühl und Leidenschaft, glockenhell und sanft, ein Geschenk.

Ob wir denn nicht auch auswandern wollten, hierher (ins Paradies)?
Ihr glückseliges Lächeln brannte in meinen Augen.
Oh nein, sagte ich, ebenfalls lächelnd, und bemüht, meinen Unmut zu verbergen. Du weißt schon, sagte ich, das Wetter. Ich überlegte fieberhaft, mir blieb wenig Zeit. Mein siebenjähriger Sohn, er kommt bald in die zweite Klasse. Oh, und die Sprache! Du weißt ja, ich bin Dichterin. Da verlässt man nicht mal eben so das Land seiner Muttersprache.
Ich redete mich um Kopf und Kragen und fand immer neue und immer schlechtere Argumente. Aus mir schoss ein unerklärliches Drängen, mich mit allen Mitteln verteidigen zu wollen.
Sie wartete mein Wortgeschwirr ab und entgegnete dann mitfühlend: Es ist nicht für jeden.
Ich drohte zu platzen.
Nein, sagte ich, nein! Ich rang um Fassung. Nein, es ist nicht für jeden. Man muss es wollen, man muss es tief im Herzen spüren.
Sie berührte meinen Arm, sah mich zustimmend an.

Es ist faszinierend, mit welcher Kraft und Mühelosigkeit wir Menschen uns selbst vernichten können. Mit einem Mal wurde mir klar, was hier vor sich ging. Sie meinte es nicht böse. Ich selbst war das Problem.

Da stand sie vor mir, Ann, die Frau, die sich immer *homesick* gefühlt hatte, und die alles hinter sich ließ. Eine Frau, die ich um ihre Kühnheit zu einem solchen Schritt zutiefst beneidete. Um das Leuchten in ihren Augen, wenn sie sprach. Um dieses Leben hier, auf dieser wunderbaren Insel.

Vielleicht wirst du in ein paar Jahren anders denken, lächelte sie, und ich spürte, dass es echt war.

Ja, vielleicht, entgegnete ich.

Wir sollten auf jeden Fall wieder zur Session kommen, wenn wir zurück in Irland seien, sagte sie zum Abschied. Sie umarmte mich kurz und herzlich.

Ann, die Frau mit der Stimme wie flüssig Gold. Die Frau, die dem Ruf ihrer Seele gefolgt ist.

DIGGIN' PEAT IN CONNEMARA

Tausend Jahre

an Erin

Auch deine Tage sind gezählt,
wüste Böen und Fluten
haben dich, Erin, auserwählt,
ein neues Land zu suchen

Es scheint, als lebte man ewig hier
von Fisch und frischer Milch
Gedichte schreiben sich auf Papier
Musik erklingt durch dich

Doch wird allen Lebens Sockel morsch,
       der lange Zeit bewahrte –
           denn für einen Meter neuen Torf
               braucht es *tausend* Jahre

Ahnung

Die irische Wirtschaft zwang in den 80er Jahren viele junge Menschen in die Arbeitslosigkeit. Verzweifelt suchte man sein Glück im Ausland.

Finneys Cousin Eamon ging nach England, er selbst nach Amerika. Hin und wieder gab es ein Telefongespräch in die Heimat, einen Brief oder eine Karte.

Man nahm allgemein an, dass die jungen Leute in der Fremde ein angenehmes Leben führten, in relativem Wohlstand und Behaglichkeit. Die erschütternde Wahrheit versuchte ein jeder so gut wie nur möglich vor der Familie zu verbergen.

Eamon bewohnte ein schäbiges dreckiges Badezimmer in einem heruntergekommenen Stadtviertel Londons, das so klein war, dass nur ein Kinderbett hineinpasste. Die Tür ließ sich nicht abschließen. Immer wieder stolperte nachts ein Betrunkener herein und erleichterte sich in die offene Toilette.

Fairerweise ging es Finney in Amerika kaum besser. Oft dachte er an seinen letzten Tag vor der Abfahrt. An das Geschenk, das sein kleiner Bruder Darragh ihm zum Abschied gemacht hatte.

„Nimm das hier mit", hatte Darragh gesagt, und ein kleines Holzkreuz in seine Hand gelegt. Es war auf ein braunes Lederband gefädelt. „Du wirst es mehr brauchen als mich, glaub mir, Bruder."

Finney bezweifelte, dass das stimmte. Die Vorstellung, ohne seinen Bruder auskommen zu müssen, war lähmend. Dazu kam die Angst, Darragh könnte etwas zustoßen, doch er riss sich zusammen.

„Ich danke dir, Darragh. Es ist ja nicht für lange. Und du musst gut auf dich und Mum und die anderen aufpassen, hörst du. Du bist jetzt der Große hier." Er zog das Lederband über den Kopf und umarmte seinen Bruder.

Darragh sollte Recht behalten. Finney streifte wochenlang planlos und abgerissen durch die Staaten. Er machte Musik, schlief in Wirtshäusern oder auf Gehwegen, und versuchte, sich als Tagelöhner und Straßenmusiker irgendwie über Wasser zu halten.

Erst als er nach einer guten Weile ein Mädchen kennenlernte, konnte er dieser Abwärtsspirale entkommen. Die Eltern des Mädchens hatten ein Fliesenfachgeschäft, in das er sich tatkräftig einbringen konnte. Er kontrollierte die Wareneingänge und übernahm einen Teil der Buchführung, denn wie seine Mutter war er geschickt mit Zahlen.

Er war angekommen in einem neuen Leben, und sämtliche Türen standen ihm offen. Und dennoch, ja dennoch ließ ihn der Gedanke an die Heimat nicht los. Schließlich war es nie seine Absicht gewesen, für immer hier in Amerika zu bleiben.

Bald wurde es ihm ein lieber Zeitvertreib, den imaginären Koffer ein und wieder auszupacken, abzuwägen und zu rechnen. Bis ihm die Entscheidung eines Tages abgenommen wurde …

Er hatte gerade den Laden geschlossen und sich auf den Heimweg gemacht. Es waren nur ein paar Schritte die Straße hinunter. Als er seinen Hut an den Haken neben der Wohnungstür gehängt und den Mantel abgelegt hatte, wurde ihm schlagartig flau im Magen. Er hätte sich gesetzt, wenn nicht eine Sekunde später das Telefon geklingelt hätte. Noch bevor er abnahm, wusste er, was passiert war.

~

Der Zug rollte langsam in den dunklen Bahnhof von Ballina, als Finney zwei Tage nach dem Telefonanruf in Irland ankam. Sein Vater stand am Bahnsteig, das Gesicht fahl vom Kohlestaub, und winkte mit kräftigen Armen. Sie umarmten sich kurz, vergossen ein paar Tränen. Auf der Fahrt sprach keiner ein Wort, und eine halbe Stunde später erreichten sie Killala.

Die Tür des Hauses stand offen, gedämpftes Licht eines Torffeuers drang heraus.

„Finney!", rief Molly aufgeregt, als sie ihren Sohn erblickte.

Sie rannte auf ihn zu und schloss ihn bebend in die Arme. Noch nie hatte sie ihn so fest umarmt. Auch die anderen Geschwister kamen nach und nach, um ihren Bruder zu begrüßen. Dann nahm Molly seine Hand und führte ihn ins Haus.

Überall waren Kerzen angezündet. Der alte rostige Spiegel, der sonst neben dem Herd stand um das Licht zu doppeln, war mit einem Tuch abgehängt, ebenso alle Fenster. Auf dem Esstisch stand ein Ginsterstrauß.

„Er ist oben", flüsterte sie.

Finney stieg die wenigen Stufen in das Obergeschoss hinauf. Vorsichtig öffnete er die Tür. Auch hier waren alle Fenster mit Tüchern bedeckt, nur ein paar Kerzen erhellten die kleine Kammer. Auf einem Stuhl in der Ecke saß dunkel und eingefallen seine Großmutter. Ihre Miene ließ nicht erkennen, was sie fühlte. Viele Menschen hatte sie sterben sehen. Sie bekreuzigte sich und verließ leise das Zimmer. Finney trat an das Bett heran, in dem sein Bruder Darragh aufgebahrt lag.

Er war bei einem Verkehrsunfall zwei Tage zuvor so schwer verletzt worden, dass er wenige Minuten später an der Unfallstelle seinen Verletzungen erlag. Der Autofahrer hatte ihn im Halbdunkel des Abends zu spät gesehen und ihn wie einen Kegel von der Straße gestoßen. Darragh wurde nur achtzehn Jahre alt.

Nun lag er hier, sein kleiner Bruder, die Augen geschlossen, das Gesicht bleich und wächsern. Finney nahm seine kalte Hand und gab ihm einen Kuss auf die Stirn. Er war tot, sein kleiner Bruder war tot, für immer fort. Sein kleiner lieber Bruder, der wichtigste Mensch in seinem Leben. Den er zu beschützen versprach vor der Welt, vor der strengen Mutter, vor allem Unheil. Er hatte versagt.

Nach und nach füllte sich das Haus mit Gästen. Ein jeder kam, um Abschied zu nehmen. Gebete wurden gesprochen, das ein oder andere Lied gesungen.

Als spät in der Nacht die letzten Gäste gegangen waren, schloss Finney die Zimmertür des Bruders und legte sich in den Raum nebenan, der früher sein eigenes Reich gewesen war. Erschöpft sank er in die Kissen. Doch obwohl er seit Tagen nicht geschlafen hatte, konnte er nicht zur Ruhe finden. Er wälzte sich von links nach rechts und von rechts nach links. Dann war ihm plötzlich, als hörte er Stimmen im Zimmer nebenan. Ja wirklich. Jemand unterhielt sich.

Doch wer? Das Radio, dachte Finney, es musste das Radio sein, jemand hatte es angeschaltet. Aber nein, unmöglich. Er selbst war doch zuletzt bei Darragh gewesen, das wäre ihm aufgefallen. Kam das Geräusch vielleicht von unten? Finney erhob sich und trat hinaus auf den Flur. Alles still.

„Finney!", rief es plötzlich. Er fuhr erschrocken herum. Eine Gänsehaut kroch seinen Rücken herauf, sein ganzer Körper begann zu kribbeln. „Finney!", rief es wieder. Es war die Stimme seines Bruders, die da sprach, kein Zweifel. Er kannte sie wie seine eigene. Finney presste ein Ohr gegen die Tür.

„Darragh, ich bin hier", flüsterte er und trommelte sanft mit den Fingern auf das Holz.

„Ich weiß, dass du da bist, Finney. Du musst mir helfen!"

Finney versuchte, ruhig zu atmen. „Helfen? Was meinst du, Darragh?"

„Ich will nicht hier sein, Finney! Du musst mir helfen, bitte!", flehte sein Bruder.

„Wie meinst du das, du willst nicht hier sein, *wo* sein?" Verzweiflung legte sich wie ein Würgegriff um seine Inneres. Er hätte einfach die Türklinke herunterdrücken und in das Zimmer gehen können, doch er schaffte es nicht. Eine ungeheure Mischung aus Angst und Entsetzen hielt ihn zurück.

„Bitte hilf mir!", rief er noch einmal. Dann blieb es still.

Finney sank an Ort und Stelle zusammen. Er verbrachte die Nacht hier, im Sitzen, an die Zimmertür des Bruders gelehnt.

Die Totenwache fand noch eine weitere Nacht lang statt, doch Darraghs Seele rief nicht wieder nach Finney. Er würde nie herausfinden, was Darragh mit seinen Worten gemeint hatte, und das Gefühl, seinen Bruder auf dessen letztem Gang im Stich gelassen zu haben, warf fortwährend einen Schatten auf seine Tage.

Nach der Beerdigung reiste Finney nicht zurück nach Amerika. Auch sein Vater blieb in der Heimat. Zur Erleichterung aller hatte ihm ein Bekannter eine gutbezahlte Stelle in seiner Flaschnerei angeboten. Finney kam bei einer IT Firma in Sligo unter. Etwas außerhalb des Stadtzentrums, in Strandhill, bezog er eine Ein-Zimmer-Wohnung mit Blick auf das Meer.

Noch immer fuhr er für sein Leben gern Motorrad. Sobald das Wetter es zuließ, holte er seine Maschine aus der Garage. An den Wochenenden besuchte er oft seine Familie in Mayo. Er liebte die Strecke nach Killala, sie führte direkt am Atlantik entlang. Auf einer dieser Fahrten passierte etwas Seltsames.

Es war im Mai, der Ginster blühte und warf seine goldenen Teppiche über das Land. Durch die Schlitze des Helmes zog der unverkennbare Duft von Kokos und Vanille. Finney fuhr auf der Küstenstraße Richtung Ballina und hatte gerade Enniscrone hinter sich gelassen, als sein Motorrad abrupt stehen blieb. Fast wäre er aus dem Sattel geflogen.

„Was zum …", murmelte er, stieg ab und versuchte einen Neustart. Nichts. „Gott, was müssen in diesem Land immer die Räder stehen bleiben", fluchte er.

Er sah sich um. Weit und breit nichts als Wiesen und Kühe. Zu seiner rechten die harte felsige Küstenlinie. Dann fiel sein Blick auf eine kleine Stelle am Straßenrand. Ein Blumengesteck, dahinter ein Holzkreuz mit Inschrift.

Finney wurde schwindelig. Ein stechender Schmerz entbrannte unter seiner Jacke, er griff sich an die Brust, rang nach Atem. Er konnte sich kaum auf den Beinen halten. Einige Momente stand er so, die Hände auf die Knie gestützt, bis er sich ein wenig gefangen hatte.

Er schob sein Motorrad ein paar Schritte weiter und versuchte abermals einen Start. Zu seiner Verwunderung sprang es sofort an.

~

Sein Vater öffnete die Tür, als er eine Dreiviertelstunde später in Killala ankam.

„Finney, Junge, gehts dir gut? Du bist ja ganz rot", rief er und zog seinen Sohn ins Haus.

„War ne spritzige Tour, Dad", entgegnete Finney verlegen und zog seine Jacke aus.

Die Stelle an seiner Brust brannte wie Feuer. Er riss sich die Kette des Bruders vom Hals und ging zum Spiegel hinüber. Eine rote glänzende Wunde starrte ihm entgegen. Das Kreuz hatte sich in seine Haut gebrannt.

„Finney, was ist denn mit dem passiert?", rief der Vater hinter ihm und hielt das kleine Holzkreuz in den Händen. Die Ränder waren schwarz verkohlt. Finney zeigte auf seine Brust.

„Was zum …", stammelte er.

„Komm, Dad, ich muss dir etwas erzählen", sagte Finney und setzte sich mit seinem Vater in die Eckbank. Er berichtete von dem Vorfall an der Unfallstelle. Von seiner Maschine, die plötzlich stehen geblieben war, und von dem Schmerz, den er plötzlich in der Brust verspürt hatte.

Sein Vater nickte nur. „Ja, Finney, jetzt ist es fast ein Jahr her, dass Darragh von uns gegangen ist. Doch lass dir das sagen, Junge, die Seele … die Seele geht niemals fort." Er nahm die Hände seines Sohnes. „Vielleicht tröstet dich das ein wenig."

Finney wusste nicht, ob es ihn tröstete. Doch er fühlte sich seinem Bruder an diesem Tag so nah wie schon lange nicht mehr. Er steckte das Kreuz in seine Hosentasche. Wenn die Wunde verheilt war, würde er es wieder tragen.

Ich habe es gefunden,
dieses Land,

das die Macht
des Unsichtbaren kennt,

das seine Gegenwart achtet
und zu beschützen weiß.

The Wake – Die irische Totenwache

In Irland gibt es seit Jahrhunderten eine besondere Tradition der Totenwache, die als *Irish Wake* oder *Wake* bekannt ist.

Die Zeremonie ist ein Ereignis, das in großer sozialer Gemeinschaft im Haus des Verstorbenen gefeiert wird, um ihm die letzte Ehre zu erweisen.

Ein Wake dauert für gewöhnlich drei Tage, denn so lange wird die Seele nach irischem Glauben in der Körperhülle verweilen.

Über die Ursprünge ist man sich nicht einig. Eine Theorie beruft sich auf einen alten jüdischen Brauch, das Grab eines kürzlich Verstorbenen drei Tage lang offen zu lassen. Während dieser Zeit besuchten Angehörige die Grabstätte in der Hoffnung, Anzeichen auf eine Rückkehr ins Leben zu finden.

Einer anderen Theorie zufolge entstand der Wake, weil man sicherstellen wollte, dass eine verstorbene Person nicht versehentlich lebendig begraben wurde. Der Brauch, auf das „Aufwachen" der Person zu warten, wandelte sich bald zu einer Zeit, in der gemeinsam getrauert und gefeiert wurde.

Während des Wakes wird der Verstorbene im Sarg oder Bett liegend in einem Raum des Hauses aufgebahrt, vornehmlich im Wohnzimmer. Die Uhren werden angehalten und alle Vorhänge zugezogen. Man öffnet eine Tür oder ein Fenster, um die Seelen der Ahnen hereinzulassen.

In dieser Zeit haben alle Familienangehörigen, Freunde und Bekannten die Möglichkeit, sich persönlich zu verabschieden und der Familie ihr Beileid zu bekunden. Jeder

Gast bringt etwas zu Essen oder Trinken für die Gemeinschaft mit, um die Familie von diesen Aufgaben zu entbinden.

Es werden wunderbare Geschichten über den Verstorbenen erzählt, man weint und man lacht gemeinsam. Gedichte werden gelesen und Gebete gesprochen, es wird gesungen oder Karten gespielt. Man darf auf den Verstorbenen anstoßen und sich der vielen schönen Begegnungen seines reichen Lebens freuen. Der Körper des Verstorbenen wird dabei keine Sekunde allein gelassen.

Am Abend des dritten Tages wird der Sarg von der Familie im kleinen Kreis verschlossen. Der anschließende Weg zur Kirche wird wieder von einer größeren Gemeinschaft begleitet.

Über Nacht bleibt der Sarg allein in der Kirche, wo die Seele ihren Körper endlich verlassen wird. Am nächsten Morgen findet die Beerdigung statt.

Der Wake eines Kindes oder Jugendlichen läuft wesentlich anders ab. Von einer Feier ist hier gewiss nicht zu sprechen.

Die Tradition der Wakes macht die Realität des Todes für alle Anwesenden erlebbar. Kinder, die der Zeremonie beiwohnen, erfahren auf ganz natürliche Weise, dass Verlust und Trauer Teile des Lebens sind. Auch sie dürfen den Verstorbenen sehen und berühren.

Im gemeinsamen Gedenken entsteht ein Raum, in dem auch eigene Verluste aufleben dürfen. Dies ermöglicht ein Teilen des persönlichen Schmerzes und schafft Trost und Hoffnung für alle, die deren bedürfen.

Die Bräuche können sich von Ort zu Ort unterscheiden.

Im Norden des County Clare ist es üblich, die Seele des Verstorbenen *hinauszusingen*.

Im County Mayo wird ein Wake immer von viel Musik begleitet.

Mancherorts wird das Bett des Verstorbenen auf eine Anhöhe getragen und verbrannt. In Nordirland ist es Brauch, genau einen Monat nach dem Tod der Person wieder zusammen zu kommen.

Die irischen Traveller verbrennen den Wohnwagen, in dem ein Mitglied ihrer Gemeinschaft verstorben ist. In Kerry trägt ein naher Angehöriger an drei aufeinanderfolgenden Sonntagen zur Messe einige Kleidungsstücke des Toten.

An vielen Orten des Landes wird die Familie des Verstorbenen auch nach der Beerdigung für einige weitere Tage nicht allein gelassen.

Wenn man auf den kleineren Straßen über die Insel fährt, kann man sie überall entdecken. Es gibt so viele von ihnen, dass manch einer nach einer Weile vermutlich dazu übergeht, sie überhaupt nicht mehr wahrzunehmen. Doch ich sehe sie, jede einzelne von ihnen.

Steinruinen, hohle Wände, ehemalige Burgen, gar Schlösser, und verlassene vergessene Reste einer Behausung.

Sie präsentieren sich ohne Scham und in allen Stadien. Vom Beinahe-Neubau mit Fenstern und Dachgerippe bis hin zum Geröllhaufen, der kaum noch an das erinnert, was er einst war, oder hätte werden sollen.

Sich selbst überlassen liegen sie in der irischen Landschaft verstreut und warten, bis Wind und Regen sämtliche Vergänglichkeit von ihnen geschält haben.

Ich spüre eine Wut in mir aufsteigen beim Anblick dieser Ödnis und Verwahrlosung, dieser Verschwendung an Material und Arbeitskraft. Und dennoch ertappe ich mich manchmal beim munteren gedankenverlorenen zählen der Schornsteine und der Frage, ob die Iren tatsächlich in jedes Zimmer einen eigenen Kamin gebaut haben.

Wenn ich ehrlich bin, muss ich mir doch eingestehen, dass ich die wirklichen Gründe, die zu diesem desolaten Zustand geführt haben, nicht kenne. Doch schon bald sollte etwas passieren, das meinen Blickwinkel ganz wesentlich verändern würde.

Wie auf vielen unserer Ausflüge fuhren wir die nördliche Küstenstraße Mayos entlang.

Wir wollten gleich zu Beginn Halt am Kilcummin Harbour machen, doch kurz vor der Abbiegung in die kleine Hafenstraße entdeckten wir etwas, das uns innehalten ließ.

Am Straßenrand zu unserer Linken befand sich ein schöner stattlicher Neubau auf einem Grundstück, das kaum größer als das Wohnhaus selbst war. Und was sich daneben befand, war die reinste Sensation.

In den engen Spalt bis zur Grundstücksgrenze nämlich quetschte sich ein weiteres kleines Haus aus Stein.

Keine zwei Meter trennten die beiden Gebäude voneinander, die verschiedener nicht hätten sein können.

Das kleine Steinhaus, oder sagen wir, das, was von ihm übrig war, maß etwa sieben Meter in der Länge und hatte zwei Schornsteine. Durch das Dach konnte man den blauen Himmel sehen. Entlang der Traufe wuchs saftig grünes Gras in dicken Büscheln.

Drei alte Fenster, die einmal einen roten Holzrahmen besessen hatten, lagen dunkel in den Wänden. Das Loch einer fehlenden Haustür starrte uns wie ein zahnloser Mund entgegen.

Unsere deutsche Mentalität ließ sich nicht länger im Zaum halten, und wir gackerten wie aufgeschreckte Hühner durcheinander. Wieso wurde dieses Haus nicht abgerissen, als man hier neu baute? Wieso hat man es nicht in einen Gartenschuppen verwandelt? Oder ein Gästehaus? Wohnte etwa noch jemand darin? Wir spekulierten wild, stiegen aus und schauten es uns genauer an.

Nein, das Haus wurde sicher nicht mehr bewohnt. Geräte waren darin ebenfalls nicht zu sehen, was eine Nutzung als Gartenschuppen ausschloss. Und auch ein Gästehaus wäre es wohl längst geworden, wenn dies vorgesehen gewesen wäre.

Es musste also einen Grund geben, wieso diese Ruine keine zwei Meter entfernt des neuen Wohnhauses den ganzen Rest des ohnehin recht kleinen Grundstückes für sich einnehmen und dabei langsam zerfallen durfte.

~

Abends im Pub trafen wir Sean, ein Ire wie aus dem Bilderbuch. Einer, der jeden Abend einer anderen Session beiwohnt und ausschließlich irische Lieder singt.

Ich erzählte aufgeregt von dem Erlebten, begründete mein Staunen.

Sean lachte und winkte ab. „Wir sind hier nicht in Deutschland, Adeline. Das ist Irland." Für ihn schien die Frage damit beantwortet. Er nahm einen Schluck seines alkoholfreien Bieres. Es war ein *Heineken*.

Seine Bemerkung machte mich verlegen, und ich wusste keine Antwort.

Sean kam während der Wirtschaftskrise im Herbst 1982 nach Deutschland und arbeitete als Maurer auf einer Großbaustelle. Er und seine Kumpanen wohnten über Jahre wie Vieh in einem Aufzugschacht.

Vielleicht fiel ihm in diesem Moment ein, dass ich trotz meiner Herkunft nichts für jenen schmerzlichen Teil seiner Vergangenheit konnte, jedenfalls gab er sich nun doch einen Ruck und setzte von Neuem an.

„Sieh, Adeline. Du kannst diese Häuser nicht abreißen. Es geht nicht."

Ich dachte, dass das sehr wohl gehen würde, sagte jedoch nichts.

„In diesen Häusern haben Menschen gelebt. Familien." Seine Augen glänzten. „Sie haben dort gegessen, getrunken, geweint und gelacht. Ihre Kinder sind herumgerannt, haben gespielt, sind darin groß geworden." Er schwieg einen Moment. „Du kannst sie nicht abreißen."

Ich schluckte. Etwas durchfuhr mich, erfasste mich bis in die Tiefe.

Ich wusste um die großen Unterschiede unserer Kulturen. Und doch war mir, als spürte ich in dieser klaren Geste zum ersten Mal in aller Deutlichkeit, *wie tief* dieser Unterschied ging.

Er hatte recht. Wie konnte ich je anders darüber denken?

Ja, ich zog den Hut vor Sean, und ich zog ihn vor all den Iren, die sich in einer wandelnden Zeit eine solche Haltung bewahrt hatten. Die ihren Ahnen und Gegangenen auf diese Weise einen Respekt zollten, der in unserem materialistischen Weltbild nicht mehr zu finden war.

Möge es doch ewig so bleiben.

Good Morning, Mr. Magpie

Die Elster (engl. Magpie) gilt in vielen Kulturen seit jeher als Unglücksvogel. In erheblichem Maße trug die Kirche von England zu diesem Feindbild bei. Sie stilisierte die Elster zu jener Abtrünnigen, die sich als einziger Vogel weigerte, Noahs sichere Arche zu betreten. Stattdessen soll sie die stürmische Reise auf dem Dach des Schiffes verbracht haben. Weiterhin wurde behauptet, sie hätte der Kreuzigung Jesu ohne Trauer und Tränen beigewohnt.

In Irland manifestierte sich so die tiefe Überzeugung, dass eine Begegnung mit der Elster Verheerendes anrichten kann.
Um sich davor zu schützen, haben die Iren einige Strategien entwickelt, die im Folgenden aufgezählt werden. Es ist auch möglich (und ratsam), die einzelnen Strategien miteinander zu kombinieren.

1. Halten Sie die Hand schützend vor die Augen und tun Sie so, als hätten Sie die Elster nicht gesehen.
2. Grüßen Sie die Elster.
3. Sagen Sie: Good morning, Mr Magpie, how is your wife today?
4. Oder: Good morning, Mr Magpie, how are Mrs Magpie and all the other little magpies?
5. Ziehen Sie Ihren Hut.
6. Blinzeln Sie schnell, um Ihnen selbst vorzutäuschen, dass Sie zwei Elstern gesehen hätten.
7. Schlagen Sie mit den Armen, als ob Sie Flügel hätten, und krächzen Sie laut, um den fehlenden Partner der Elster zu imitieren.

Wenn das nächste Mal eine Elster über Ihren Weg kommen sollte, wissen Sie nun also, was zu tun ist. Doch eine Frage bleibt: Was soll das Ganze überhaupt?

Aufschluss gibt ein Kinderreim aus dem Jahre 1777.

One for sorrow,	*Eine für Trauer,*
Two for mirth,	*Zwei für Fröhlichkeit,*
Three for a funeral,	*Drei für eine Beerdigung,*
Four for a birth.	*Vier für eine Geburt.*

(aus „Observations on Popular Antiquities" von John Brand)

Kinderreime wie dieser sind in Irland weit verbreitet. Auf diese Weise wurde sichergestellt, dass schon die Allerkleinsten über die Gefahren im Zusammenhang mit Elstern informiert sind. In wie weit der Reim jedoch überhaupt erst dazu beigetragen hat, dass sich die Angst über Generationen hinweg einprägen konnte, bleibt ungewiss.

Mit den Jahren entstanden immer neue Versionen und Erweiterungen dieser Grundfassung. Der längste mir bekannte Reim möchte alle Eventualitäten einbeziehen und zählt daher bis zu fünfzig Elstern! Anhand dieser Zeilen wird nun auch nachvollziehbar, weshalb es so verhängnisvoll ist, einer einzelnen Elster zu begegnen.

Ich möchte Ihnen nichts vormachen: Mit den oben genannten Mitteln ist es zwar möglich, die Elster weitgehend zu beschwichtigen, doch ein Restrisiko lässt sich nicht ausschließen.

In diesem und jedem Sinne: Good Morning, Mr Magpie, how's your wife today?

The Trooping Faeries

Sie sind die Wächter des Geschehens
Hüter einer Heiligkeit
Leben in den Forts und Seen,
in Hügeln, Bäumen, Dunkelheit

Sie spielen Hurley, Essen, Reiten,
sind gewitzt und kreativ
Von seltner Schönheit, großer Anmut,
oder runzlig, klein und schief

Sie heiraten und werden Eltern,
leben dort und sterben hier
Wenn du sie triffst, dann wirst du meinen
fast, ja fast sind sie wie wir

Doch seis geraten dir zum Schutze
misch dich nicht in ihres ein
Frage nicht was es dir nutze
lass ihre Orte Orte sein

Großes Übel, Pech und Krankheit
bringen sie sonst wohl zu dir
Oder Gaben voller Güte
locken dich, und du bist ihr

Sie sind die Hüter des Geschehens
Wächter fremder Heiligkeit
Manche werden sie nie sehen
und andere   für alle Zeit

Die heiligen Orte der *kleinen Leute* und ihr magisches Reich

Die heiligen Orte der *kleinen Leute* sind in großer Zahl in ganz Irland zu finden und weit über das Land verstreut. Für die *Aos sí* und andere Wesenheiten sind es Orte des alltäglichen Geschehens, Wohnstätten oder Ritualplätze.

Für uns sind es Tore in ihre Welt, die wir unter Namen wie *Tír na nÓg, Emain Ablach* oder *Magh Meall* kennen. Über heilige Quellen, Steinkreise, Gräber oder Grabhügel, Ringforts und Baumwurzeln können wir in diese Anderswelt reisen.

In ihrem übernatürlichen Reich gibt weder Hunger noch Schmerz, weder Krankheit noch Alter. Der Überlieferung nach ist es möglich, dort mit einer Gabe oder einem Talent ausgestattet zu werden. Allerdings sollte man eine solche Reise niemals leichtfertig unternehmen, da dies mit großen Gefahren verbunden ist. In der Folklore finden sich unzählige Geschichten, in denen Menschen in der Anderswelt festgehalten wurden. Daneben gilt weiterhin zu beachten, dass Raum und Zeit dort ihren eigenen Regeln folgen. Eine Minute im Diesseits kann mehrere Jahre in ihrer fremden Welt bedeuten. Manch einer war bei seiner Rückkehr bis zum Tode gealtert.

In den Übergangszeiten wie Mitternacht, Sonnenuntergang und Sonnenaufgang oder beim Wechsel der Jahreszeiten (*Samhain, Imbolc, Bealtaine, Lughnasadh*) ist besondere Vorsicht geboten. Dann ist der Schleier zwischen den Welten dünner als gewöhnlich, was Geisterwesen den Übertritt in die reale Welt ermöglicht.

An Samhain, dem Beginn des keltischen Jahres, wurden im alten Irland zur Abschreckung geschnitzte Rübengeister vor die Häuser gestellt. Nur ein Narr hätte es gewagt, in dieser Nacht das Haus zu verlassen.

Der Glaube und die Verbundenheit mit der Anderswelt gehen so weit, dass irische Landbesitzer und Bauern die heiligen Plätze des *kleinen Volkes* genauestens aussparen, wenn sie ihr Land bestellen. Sie wissen, dass die Zerstörung eines solchen Tores großes Elend und im schlimmsten Fall sogar den Tod bringen könnte.

Die Wesen der Anderswelt bewegen sich auf ihren eigenen *Feenpfaden* über die Insel. Wie ein Netz liegen diese auf dem Land und verbinden all ihre Wirkstätten miteinander.

Zu den auffälligsten Orten zählen die Ringfestungen. Die ***Ráthanna oder Ringforts*** sind kreisförmige Siedlungen, deren Ursprünge bis in die Bronzezeit zurückreichen. Früher wurden die Forts von der irischen Bevölkerung als Bauernhöfe und Behausungen genutzt. Heute sind sie Grabstätten und Wohnorte des *kleinen Volkes*. Es gibt sie in allerlei Größen, und sie können aus Stein oder Erde angelegt sein. Das Entfernen eines Ringforts steht unter hoher Strafe.

Auch *Steinkreise* und einzelne ***Menhire (Standing Stones) und Megalithen*** finden sich überall auf der Insel. An diesen Orten wurden früher verschiedenste Rituale abgehalten und heilige Feste wie die Wintersonnenwende gefeiert. Häufig sind diese Monumente deshalb nach astrologischen Kriterien angeordnet. Die mächtigen Megalithen stehen meist im Kreis um eine Mitte oder auch einzeln, stapeln sich in hohe Türme oder bilden andere geheimnisvolle Muster. Auf manchen der Steine sind Inschriften zu finden, für die man die alt-irische Schriftart *Ogham* nutzte. Auch Gravuren gewellter Linien, die Mondphasen oder der Sonnenlauf zieren die Steine. Das bekannteste Symbol der irischen Megalithkunst ist jedoch zweifelsohne die vorkeltische Dreifachspirale *Triskele*.

Unscheinbar präsentiert sich der *Fairy Bush oder Fairy Tree (gäl. Sceach)*, zumeist ein Weißdornbusch oder eine Esche. Er steht in ganz direktem Bezug zur Anderswelt. Der einsame Weißdorn sollte am Besten gänzlich in Ruhe gelassen werden, in jedem Fall jedoch unversehrt bleiben. Kein Zweig, keine Beere, keine Blüte und kein Blatt darf von ihm genommen werden.
Die Büsche stehen in der Regel allein auf einem Feld oder Hügel und unterscheiden sich somit von Weißdornen, die in einer Hecke wachsen.

Ein *Ragtree* (Wunschbaum) ist ebenfalls häufig ein Weißdorn, der jedoch in der Nähe einer heiligen Quelle wächst.
Traditionell wird ein Stoffstreifen aus der Kleidung einer kranken Person in das Quellwasser getaucht und begleitet von Gebeten an den Baum gebunden. Sobald der Lumpen verrottet ist, soll die Person von ihrem Leiden befreit sein.
Im Gegensatz zum Ragtree ist ein Fairy Tree kein Ort der Heilung. Das Anbinden eines Stoffstücks oder eines anderen persönlichen Gegenstandes kann fatale Folgen haben und sollte tunlichst vermieden werden. Die Wesenheiten, die dort zugegen sind, folgen jeder nur irgend möglichen Verbindung in unsere Welt und sind in der Lage, alles Schwache zu zerstören, das sie am anderen Ende finden.

Die *Holy Wells* (heilige Quellen und Brunnen) liegen zu tausend in der irischen Landschaft.
Man findet sie in Höhlen, im Schatten eines Megalithen oder verborgen unter Tunneln und Straßen.

Zu besonderen Zeiten reiste man an diese Orte und vollzog ein bestimmtes Ritual, wie das Vervollständigen eines Musters oder ein Umkreisen der Stätte. Frauen legten sich in der Hoffnung auf eine Empfängnis in die heiligen Quellen.

In einigen der Brunnen sind Gegenstände versteckt, die eine wichtige Bedeutung für die Bewohner der anderen Welt haben. Manche dieser Gegenstände hätten gar die Macht, so erzählt man sich, sie zu erlösen.

Wir fuhren zum Strand in Portnoo
und dachten, das klappt doch im Nu,
doch Kühe und Schäfer,
              und zwei Stunden später ...
die Straßen gehören der Kuh!

Anmerkung:
Zur Zeit der Kelten war Irland das Land der Rinder. Das irische Wort für Straße (bóthar) be-
deutet übersetzt 'Kuh-Weg', da ursprünglich viele Straßen des Landes Viehwege waren. Anhand
mancher Straßennamen ist dies bis heute zu erkennen.

Die Banshee

Die Banshee (gäl. *bean sidhe*: „Frau aus den Hügeln" oder „Frau der Feen") durchstreift in Gestalt einer alten Geisterfrau weinend die irische Landschaft. Ihr blasser Körper ist in weiße Tücher gehüllt und gleicht einer Wolke.

Wie auch die Feen sollen die Banshees von den Túatha Dé Danann abstammen. Andere Quellen halten sie für die Geister verstorbener Familienmitglieder.

Bekannt und gefürchtet ist die Banshee für ihren markerschütternden Schrei, der den Tod eines Angehörigen ankündigt. Ihr Schrei ist trauriger als alle anderen Laute der Erde, und dabei so grausam und ohrenbetäubend, wie ihn kein Wesen der irdischen Welt hervorbringen könnte.

Im Falle eines nahenden Todes setzt sie sich unter das Fenster des Sterbenden und schreit. Dabei kann der Sterbende selbst die Banshee (glücklicherweise) weder hören noch sehen.

Ob sie erst in der Sekunde des Todes auftaucht oder schon Tage zuvor, bleibt ihr überlassen.

In einigen Berichten rüttelt sie am Fensterladen oder bringt die Kunde des Todes durch drei heftige Schläge gegen das Fensterglas. Manches mal wird lediglich ihr Klageschrei vernommen, und keiner bekommt sie zu Gesicht.

Ein Mann aus Galway berichtet, wie die Banshee eines Nachmittags auf dem Fensterbrett seines Hauses sitzend ihr langes graues Haar bürstete. Beim Versuch ihr den Kamm zu stehlen, sei der Sohn des Mannes beinah zu Tode gekommen.

Jede einheimische irische Familie hat ihre eigene Banshee, die sie über viele Generationen hinweg begleitet. Das machte sie in früheren Zeiten gar zu einem Statussymbol, denn dies stand außer Frage: Wer eine Banshee hatte, war mit absoluter Sicherheit ur-irisch.

Auf der Heimfahrt steckte die Straßenkarte noch immer zwischen dem Beifahrersitz und der Mittelkonsole. Gefaltet auf den Westen Irlands, auf Mayo, Connemara, einen Streifen Donegals.
Und mit einem mal wurde mir bewusst, wie schnell etwas seinen Nutzen verlieren kann.

Eine Tragödie wäre der Verlust der Karte gewesen, solange wir auf der Insel unterwegs waren. Als müssten wir fortan mit einem Auge auskommen. Mit einem Auge, das halb zugekniffen dem reißenden Wind trotzen, und dennoch den Weg finden muss. Doch unterwegs auf deutschen Straßen schien jeder Nutzen dieses Stück Papiers verlorengegangen.

~

Selbst jetzt, nach Monaten der Heimkehr, ist sie noch dort, an der selben Stelle zwischen Mittelkonsole und Beifahrersitz.
Ich sehe sie jeden Morgen, wenn ich ins Auto steige. Längst ausgedient, so scheint es. Doch weit gefehlt. Ich kann es nicht leugnen. Es erhebt sich etwas Neues aus ihr, etwas ganz Gewaltiges.
Hier wurde eine Geschichte geschrieben, in unzähligen Linien und Knicken. Eine Geschichte, die ganz und gar mit mir zu tun hat. Ein Teil meiner eigenen Geschichte.
Diese Karte ist ein Schatz, ein Schatz voller Geheimnis, den jedoch nur heben kann, wer ihn dort versteckt hat.
Sie ist Beweis, ein Grund, ein Recht, ein Beschluss. Ja, etwas wurde hier beschlossen. Etwas, das mir keiner nehmen kann. Niemals.

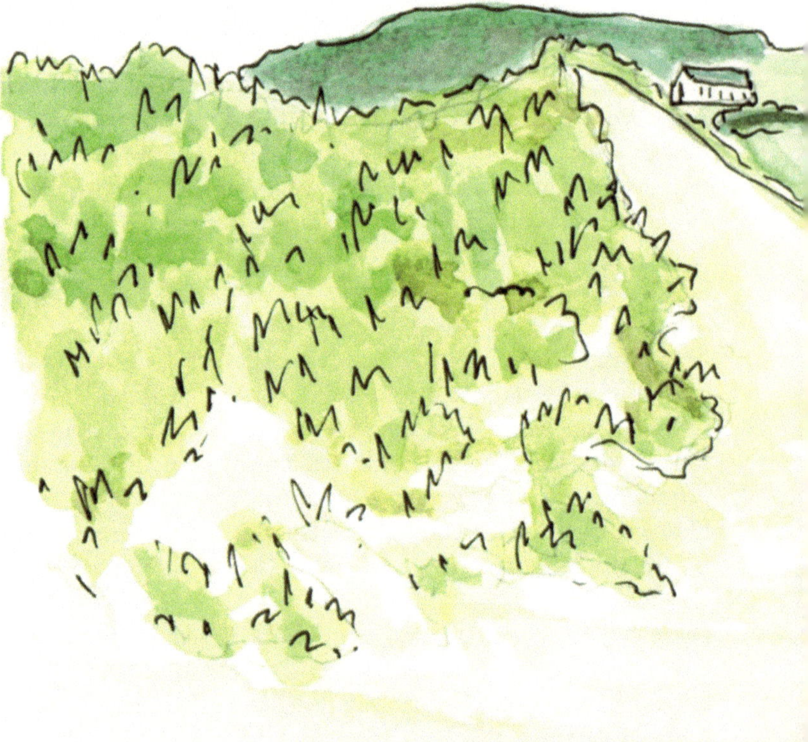

Sehnsucht

Wir teilen, was wir teilen können,
manches gilt nur uns allein
Und doch, du musst es nicht benennen,
kenn ich dein tiefes blankes Sein.

Du brauchst dich nicht vor mir verstecken,
Sehnsucht ist der Seele Trank
Sie wird ihr Nötiges bezwecken,
denn Sehnsucht ist der Seele Land.

Ich seh dich immer wieder weinen,
kämpfe nicht, du wirst nicht siegen
Weine ruhig, man könnte meinen,
ein Teil von dir wär dort geblieben.

Begriffe

Aine	Ohnje	*(weiblicher Vorname)*
Amergin	Amahrginn	*(Name des Druiden)*
Aos sí	Ähs Schie	*(Volk der Feenhügel)*
Banba	Bannwa	*(weiblicher Vorname)*
Bealtaine	Bälltännä	*(Beginn des keltischen Sommers)*
Bóthar	Bohhörr	*(Straße; früher: Kuh-Weg)*
Cesair	Kässär	*(weiblicher Vorname)*
Fáilte Álainn	Foilta oahlinn	*(willkommen Schönheit)*
Emain Ablach	Ehminn Ablach	*(mythisches Inselparadies)*
Fintán	Thintahn weich th	*(männlicher Vorname)*
Fir Bolg	Fihr Bollegg	*(Volk)*
Fodla	Fonndla	*(weiblicher Vorname)*
Fomoraig	Fomohrie	*(Volk)*
Imbolc	Immbouk	*(Beginn des keltischen Frühjahrs)*
Lebor Gabála Érenn	Lehwor Gawalla Erenn	*(Buch der Landnahme Irlands)*
Lughnasadh	Luhnassa	*(Beginn des keltischen Herbstes)*
Magh Meall	Moag Mell	*(keltische Anderswelt)*
Mag Tuired	Mahg Tuereth weich th	*(Ort)*
Odhrán	Orenn	*(männlicher Vorname)*
Ogham	Ogemm	*(irisches Schriftsystem aus dem 5. Jh.)*
Partholon	Partholonn weich th	*(männlicher Vorname)*
Ráthanna	Rathänna weich th	*(plural von Ráth; Ringfort, Ringfestung)*
Samhain	Sauenn	*(Beginn des keltischen Winters u. Jahres)*
Sceach	Schgach hart ch	*(Feenbusch)*
Seanchaithe	Schännächie	*(Geschichtenerzähler; mündl. Aufbewahrungsort)*
Sídhe, Sí	Schie	*(Feenhügel oder Fee)*
Sona Sásta	Sonnasohsta	*(so glücklich, wie einer sein kann)*
Tá grá agam duit	Ta gro damm dett	*(ich liebe dich)*
Tír na nÓg	Tihr na nog	*(Land der ewigen Jugend)*
Túan mac Cairill	Tuan Mä Kahrell	*(männlicher Vorname)*
Túatha dé Danann	Tuh hatt deh Dahnann	*(Volk der Göttin Danu)*

Mein Dank gilt ...

... Raymond McHale, Sean Madra, Laura McManus, Dave Walsh, Karen O´Malley, Brianna McHale, Graham, Eric, Ann, Dave dem Zweiten, Patsy, Ursie Kell, Giuliano Gnagnatti, Marita O´Flanagan und Dave dem Dritten für unglaublich musikalische Stunden

... dem Besitzer des Pangur Bán Bookshops in Ballina für die Erinnerung an den Local Hero Soundtrack

... dem netten Herrn an der Tankstelle bei Pontoon für den Hinweis, über Louisburgh nach Connemara zu fahren

... den Betreibern von Craic on Muff, ohne die wir Paul & Roisin Doherty wohl nie gefunden hätten

... den fünfzehn Bewohnern des St Augustine Pflegeheims für das außergewöhnlichste Konzert meines Lebens

... Wendy, für die First Hand News über das heutige Leben in Mayo

... meinen Eltern, für ihre grenzenlose Unterstützung

... meinem Schöpfer, für eine Kiste voll Inspiration, Geduld und Durchhaltevermögen

... und dir, Klausi, denn ohne dich wäre ich wohl nie nach Irland gekommen

Von der Autorin außerdem erschienen:

Neptuns Arche
35 Gedichte und 10 Kohlezeichnungen

ISBN: 978-3757801748
Erhältlich im Buchhandel und online!

"Aus dem Band spricht ein Nachdenken über
das Leben in einfühlsamen Zeilen."

"Geheimnisvoll-rätselhafte Bilder voll symbolischer
Kraft."
(Reutlinger General-Anzeiger)

Neptun verkörpert die Menschenliebe. Die Erlösung. Die grenzenlose Hingabe. Er weiß um die Einheit und Verbundenheit aller Menschen und symbolisiert unsere Sehnsucht, in etwas Größerem aufzugehen. Seine Arche ist ein Ort, der die Menschen dazu einlädt, sich selbst und anderen zu vergeben. Und gemeinsam den Ufern der Menschlichkeit entgegenzufahren.